SUPPLIE-MOI

JESSA JAMES

Supplie-moi : Copyright © 2017 par Jessa James
ISBN: **978-1-7959-0279-3**

Tous droits réservés. Aucune partie de ce livre ne peut être reproduite ou partagée sous quelque forme que ce soit ou de quelque manière, qu'elle soit électrique, numérique ou mécanique. Cela comprend, mais n'est pas limité à la photocopie, l'enregistrement, le scannage ou tout type de stockage de données et de système de recherche sans l'accord écrit et exprès de l'auteure.

Publié par Jessa James
James, Jessa
Supplie-moi

Design de la couverture copyright 2018 par Jessa James, Auteure
Crédit pour les Images/Photo : Deposit Photos: konradbak

Note de l'éditeur :
Ce livre a été écrit pour un public adulte. Ce livre peut contenir des scènes de sexe explicite. Les activités sexuelles incluses dans ce livre sont des fantasmes strictement destinés à des adultes et les activités ou risques pris par les personnages fictifs dans cette histoire ne sont ni approuvés ni encouragés par l'auteur ou l'éditeur.

NOUVELLES DE JESSA JAMES

Abonnez-vous à ma liste de lecteurs VIP français ici : http://ksapublishers.com/s/jessafrancais

CHAPITRE 1

« Aiden, pourquoi on est là ? C'est le chalet familial, où on a de bons souvenirs avec Papa et Maman, pas un endroit approprié pour parler affaires, » demanda-t-elle. Elle se tenait dans l'embrasure de la porte et s'apprêtait à partir nager.

Son demi-frère lui lança un regard de reproche en passant devant elle pour se rendre dans le hall d'entrée du chalet, qui valait plusieurs millions. « Je ne veux pas avoir à te le répéter, Reagan. Tu sais parfaitement ce qu'on fout ici. C'est la meilleure affaire de toute ma putain de vie, de notre vie, et je dois réussir. Tu vas jouer ton rôle... et putain, arrête de poser des questions ! C'est compris ? »

Le regard de Reagan tomba à terre pour éviter de croiser celui colérique de son frère. Elle détestait être un pion dans tous ses contrats d'affaires. À être utilisée comme un meuble mais, au bout du compte, elle l'acceptait toujours. Elle entra dans le salon aux vitres qui allaient du sol au plafond et regarda au loin le magnifique lac qui s'étendait en-dessous.

Reagan Kade n'avait pas l'habitude de désirer sexuellement les associés en affaires de son frère. En réalité, pour son frère, c'était eux qui devaient la désirer pendant qu'il les convainquait de signer en bas de la feuille. Ce partenariat s'était établi entre eux depuis à peine un an.

« Règle numéro un, toujours utiliser tes atouts au mieux, Reagan, » lui disait son frère. Par « ses atouts », il entendait son apparence et son corps. Un registre qui ne lui faisait pas défaut. Elle avait des courbes abondantes et des seins généreux, qui attiraient toujours les regards autant masculins que féminins. Elle aurait facilement pu passer pour une mannequin de mode avec son allure impeccable et époustouflante. Quand les associés de son frère étaient occupés à lorgner sur ses seins pointus, ils perdaient toujours de vue l'affaire dont ils parlaient. Au début, ça n'avait pas été comme ça. Aiden avait toujours requis sa présence lorsqu'il conduisait des affaires mais, lorsqu'elle en avait eu marre et qu'elle avait dit ne plus vouloir être son jouet, il l'avait faite asseoir une nuit pour lui donner un ultimatum. Soit elle faisait distraction, soit il la coupait totalement de l'entreprise familiale qu'il contrôlait désormais. En tout, la décision avait été facile à prendre et ça ne faisait de mal à personne, tant qu'il n'y avait pas de contact physique. Malheureusement, elle n'avait pas le choix.

Ce week-end était différent, cependant. D'ordinaire, ils seraient restés dans le manoir familial en Californie à La Jolla, mais quand Aiden lui avait dit qu'ils prenaient l'avion pour se rendre au chalet familial du Lac Tahoe, elle avait trouvé ça bizarre. Ce n'était pas un endroit pour négocier et parler affaires ; c'était un endroit empreints de souvenirs de famille. Mais, Lucas Ferris était venu pour passer le week-end avec eux et négocier, alors Reagan avait accepté de jouer les hôtesses. Son frère Aiden avait aussi fait toute une histoire sur les habits qu'elle porterait, et lui avait choisi certaines tenues qu'elle devrait porter pour le week-end, ce qui était vraiment inhabituel.

Elle ne s'en plaignait pas, cependant. Lorsque sa mère, Carey, s'était remariée, Reagan n'avait que dix ans et avait adoré sa nouvelle famille, surtout son grand frère qui avait douze ans de plus qu'elle. Carey et son nouveau beau-père, Sean, l'avaient toujours traitée comme leur propre enfant dès le début, mais lorsqu'ils avaient tous deux perdus la vie dans un accident de voiture dix-huit mois plus tôt, Reagan avait été dévastée et terrifiée. Elle avait déjà perdu son père biologique lorsqu'elle était jeune, et n'avait désormais plus que son grand demi-frère pour prendre soin d'elle. Ça ne représentait pas un problème financier, puisqu'il avait hérité de la société d'aménagement de terrain multi-millionnaire de son père. La plus grande peur de Reagan était d'être seule, sans famille, et elle avait juré que ça n'arriverait pas.

Lorsqu'elle avait observé M. Ferris plus tôt dans la journée, elle avait remarqué qu'il ne ressemblait pas aux autres hommes d'affaires que son frère conviait d'ordinaire chez eux. Les associés habituels de son frère étaient plus âgés, bedonnants, et prêts à s'effondrer à n'importe quel moment – ou bien, ils avaient au moins un pied dans la tombe – mais Ferris n'avait pas l'air d'avoir plus de trente ans. D'accord, peut-être trente-cinq ans. Elle l'avait déjà rencontré quelques fois auparavant, à leur maison de Californie. Il était musclé, en très bonne forme, et avait des cheveux d'un noir d'encre juste assez longs pour qu'on puisse y passer les mains. Il faisait au moins un mètre quatre-vingt-dix et avait un air intense, brûlant, et profondément sexy. Bel homme ne suffisait pas à rendre justice à son allure avec son bronzage intense et deux yeux incandescents enfoncés, qui semblaient être des orbes d'un bleu sombre.

Elle trouvait cela bizarre, il n'avait pas l'air d'être là pour les affaires du tout, et puis merde, qui amènerait un garde du corps avec lui ? Ce type avait l'air d'un énorme gorille à se tenir dehors pour monter la garde, pour l'amour du ciel. Elle l'avait observé depuis qu'ils étaient arrivés, et ni lui ni son frère n'avait parlé d'un seul contrat ni même regardé un bout de papier. Elle haussa les épaules pour oublier tout ça.

La belle journée était passée et la nuit vint. Elle remarqua que M. Ferris semblait la regarder, elle aussi. Parfois, elle avait l'impression irrépressible qu'il la dévorait des yeux. Quand elle se retournait pour vérifier, elle remarquait qu'il ne faisait aucun effort pour camoufler le fait qu'il la reluquait. Chaque partie d'elle. Un sourire diabolique étirait ses lèvres, et il hochait la tête imperceptiblement à son attention. Reagan trouvait cela flatteur, et pourtant dérangeant et étrange en même temps.

Après un dîner tardif, ils passèrent dans le salon familial, où son frère et M. Ferris s'assirent pour échanger quelques mots, pendant que Reagan leur préparait d'autres verres derrière le bar pourvu d'un robinet. Ses yeux s'égaraient souvent sur les deux hommes pour prétendre qu'elle était d'humeur à jouer, mais elle était totalement épuisée et n'aspirait qu'à se mettre au lit. Elle servit les hommes et retourna à un tabouret du bar pour admirer le physique de M. Ferris tandis qu'il se levait et s'étirait. Ses yeux suivirent ses épaules larges jusqu'à son cou épais. Quand ils rencontrèrent son regard, elle fut choquée de l'intensité qu'il portait, fiché sur elle. Il avait l'air d'un animal prêt à bondir sur sa proie, puis, une seconde plus tard, cet air avait disparu comme s'il n'avait jamais existé, remplacé par un sourire franc. Le cœur de Reagan tambourina, et elle se sentit soudainement très mal à l'aise.

Reagan pivota sur son tabouret pour éviter son contact. Qu'est-ce qui n'allait pas chez elle ? Elle avait l'habitude que les hommes la reluquent mais ce regard, le regard de Lucas était différent. Presque prédateur, et ça la terrifiait. Elle était encore vierge et avait fêté ses dix-neuf ans la semaine précédente. Elle n'avait pas vraiment l'habitude des sentiments sexuels. Oh, elle était sortie avec son lot de gars à l'université mais elle savait bien qu'ils en avaient soit après son argent, soit après son corps, et elle n'allait sûrement pas donner sa virginité à un garçon de fraternité qui n'avait aucune idée de ce qu'il faisait. Non ! Elle se gardait pour l'homme qui lui fallait. Un homme qui la voudrait pour elle et rien de plus. Elle voulait que sa première fois soit magique, une nuit dont elle pourrait se souvenir toute sa vie. Ce n'était pas trop demander, songeait-elle.

Quelques minutes passèrent et, lorsqu'elle se retourna pour regarder son frère et leur invité, un bâillement lui échappa, et elle dût s'excuser lorsqu'ils la regardèrent.

Aiden lui sourit.

« - La journée a été longue. Va donc te mettre au lit, on te retrouvera au matin.

- Tu es sûr ? » demanda-t-elle en levant un sourcil et en descendant du tabouret. Elle regarda Lucas se relever.

« Aiden a raison. Repose-toi pendant qu'on parle d'affaires et de trucs rébarbatifs. Demain est un autre jour, » fit-il en lui adressant un clin d'œil espiègle.

Elle commençait à monter le grand escalier en cèdre lorsqu'elle se retourna pour leur faire face, un sourire aux lèvres. « Bonne nuit. Je vous vois demain au petit déjeuner. » Elle recommençait son ascension lorsqu'elle entendit M. Ferris répondre, « Dors bien. »

Lorsqu'elle arriva au palier, elle se dirigea au fond du couloir jusqu'à sa chambre. Elle ferma la porte et se déshabilla avant de mettre un simple tee-shirt tout en gardant sa culotte. Après avoir passé la majorité de la journée à nager et en plein soleil, elle était totalement épuisée. Plus que deux jours et tout ça sera fini, songea-t-elle en elle-même. Elle se mit au lit, rabattit le drap jusqu'à sa taille et plongea dans un profond sommeil.

CHAPITRE 2

Lucas monta les escaliers à deux heures et demi du matin, et se dirigea vers le fond du couloir avec une petite sacoche sur l'épaule gauche. Lorsqu'il arriva devant la porte de la chambre de Reagan, il se tourna vers son garde du corps qui le dominait de sa taille et chuchota.

« - Que personne n'entre.

- Oui monsieur, » répondit Frankie avec un hochement de tête pour son employeur.

Lucas ouvrit silencieusement la porte de la chambre de Reagan et se faufila à l'intérieur en refermant doucement derrière-lui. Ses yeux examinèrent la pièce alors même que la lueur de la lune, par la fenêtre, lui donnait exactement ce qu'il lui fallait de lumière pour voir et bouger à son aise.

Il fit un pas en direction du pied du lit, et la lumière provenant de la fenêtre illuminait la magnifique silhouette de Reagan couchée dans le lit. Il pouvait voir qu'elle dormait d'un sommeil très profond, et il ne voulait pas la réveiller. Pas encore. Elle était couchée sur le côté droit du lit double à baldaquin, les bras étendus sur les oreillers. Les yeux de Lucas parcoururent ce corps plantureux caché sous un drap fin, et ses cheveux blonds vénitiens en éventail sur l'oreiller. Il sentit sa bite gonfler en imaginant ce qu'il allait ressentir quand il agripperait ces cheveux dans ses poings.

Il se lécha les lèvres d'anticipation. Pas encore, se dit-il.

Il ouvrit la petite sacoche qu'il portait et installa des attaches spéciales à chacun des quatre poteaux du lit. Chaque boîtier souple contenait un mécanisme qui lui permettait d'avoir le contrôle de l'envergure des mouvements de son prisonnier en augmentant ou en diminuant la longueur de câble disponible. Un sourire diabolique s'afficha en travers de son visage tandis qu'il soulevait le drap fin qui couvrait le torse et les jambes de la jeune femme. Elle ne fit pas un son, pas un mouvement. Elle était encore en sommeil profond. Il tourna la tête vers chaque coin de la pièce, au plafond, là où Aiden avait installé des caméras minuscules, à peine visibles à l'œil nu. Ça lui donnait une vue complète du lit et de la pièce entière.

Il resserra le peignoir en soie qu'il portait en s'approchant du bord du lit. Ses yeux parcoururent les longues jambes de la jeune femme, jusqu'à la jonction entre ses cuisses. Son regard se posa sur sa chatte qui était recouverte d'une culotte en dentelle rose transparente.

Putain, elle était magnifique, songea-t-il. Il fit remonter son regard sur son estomac plat, jusqu'au petit t-shirt qu'elle portait. Ses tétons s'étaient durcis sous le fin tissu à cause de la fraîcheur de l'air. Ses lèvres pleines, sa peau crémeuse au teint d'olive, et ses cils sombres fuligineux, tout faisait s'agiter sa bite sous son peignoir. Ne voulant pas attendre une seconde de plus, il plaça rapidement les bracelets en caoutchouc souple sur ses poignets et ses chevilles avant de passer ses pouces sur ses tétons tendus. Il prit un sein plein dans sa paume, le pressa un peu, puis frotta contre le pic raidi. Ses yeux fusèrent vers le visage de Reagan quand elle gémit doucement dans son sommeil sous son contact.

Perdant le contrôle, il serra fortement le sein qu'il avait en main et elle se lécha les lèvres en gémissant de nouveau. Il se pencha en avant et passa la main à l'intérieur de la cuisse de la jeune femme, effleurant de son pouce et de ses doigts sa chatte à travers le tissu de sa culotte.

« *H*umm... » Elle bougea légèrement. Lucas pouvait sentir son excitation s'accumuler, son sang affluer vers sa bite devant la vue qui s'offrait à lui et les évènements à venir. Il passa ses mains le long des bras de la jeune fille, attrapa ses poignets, et chuchota, le visage à quelques centimètres à peine de son visage. « Reagan, réveille-toi. » Ses doigts passèrent de nouveau contre les lèvres de sa chatte par-dessus le tissu, et elle remua. « Réveille-toi, Reagan, » chuchota-t-il de nouveau.

Il la regarda lentement ouvrir les yeux et essayer de s'ajuster à l'obscurité. Elle battit des paupières, puis se concentra sur lui. Ses yeux étaient deux grands orbes noisettes qui s'emplirent instantanément de peur et de confusion.

« Putain de me... » fit-elle.

―――

*R*eagan était totalement sous le choc. Lorsque son cerveau parvint enfin à appréhender l'absurdité de la situation, elle perdit tout contrôle. Ferris ne portait qu'un peignoir en soie et, lorsqu'elle essaya de se relever, elle découvrit qu'elle était attachée au lit. La panique l'envahit lorsqu'elle comprit que ce salaud l'avait attachée. Elle lutta vainement contre les liens et cria. « AIDEN ! À L'AIDE ! Viens m'aider, Aiden ! »

Ferris plaqua une main contre sa bouche, lui imposant le silence. « Chhh, grogna-t-il. Personne ne viendra te sauver, Reagan. » Elle le fixa du regard, et ne vit que des gemmes malfaisantes. Il n'y avait aucune compassion dans ses yeux bleus sombres. Aucune culpabilité ni sympathie. Reagan ne crut pas ses paroles en le dévisageant, et attendit que son frère réponde à son cri. Elle n'entendit que le silence. Personne ne vint alors que les minutes passaient et qu'ils se regardaient tous deux droits dans les yeux.

« - Reagan, pas besoin de crier, dit-il en enlevant lentement sa main de sa bouche et en souriant.

- Mais putain, qu'est-ce que vous faites ? Pourquoi je suis attachée ? » cracha-t-elle.

Il baissa la tête et la lova dans le cou de la jeune femme d'une manière effarante et lui répondit. « J'ai bien peur que tu fasses partie du contrat de ce week-end. » Il lécha son lobe d'oreille et le pinça brusquement entre ses dents, lui arrachant un cri de surprise et la faisant se débattre contre ses liens. « Aiden a rendu ce marché tellement séduisant, je n'ai pas pu le refuser. »

Lucas changea d'appui et reposa ses mains sur les seins de Reagan, les malaxant à travers son tee-shirt.

« Ôte tes putains de pattes de moi ! » Elle plissa les yeux à son intention, et mit toute la haine et la colère qu'elle ressentait dans ses mots. « Signer un contrat avec mon frère ne te donne pas le droit de me tripoter ! »

Un sourire démoniaque retroussa ses lèvres. « Oh mais, c'est faux, Reagan. Tu es l'élément principal de ce contrat d'affaires. Putain, comme tu as bon goût, grogna-t-il en projetant un souffle chaud dans son cou. On dirait de la vanille. »

Reagan lutta et tortilla son corps pour essayer de retirer

ce salaud d'au-dessus d'elle, mais c'était peine perdue. Ça ne fit que le faire rire. « Tu es dingue. Mon frère ne ferait jamais ça. »

Ferris releva la tête, et arqua un sourcil en la regardant de haut.

« - Tu es sûre de ça ? Je reprends l'entreprise de ton frère, Reagan, et tu fais partie de notre marché, que ça te plaise ou non.

- T'es complètement taré ! » cracha-t-elle entre ses dents. Il fit rudement rouler ses tétons entre ses doigts en laissant échapper un rire profond.

« - Tu ne connais pas très bien ton demi-frère. Je peux t'assurer qu'il l'a fait, et que dans les petites lignes de l'addendum qu'il a signé ce soir, il t'a donné à moi.

- Va te faire foutre ! Tu mens. AIDEN ! hurla-t-elle. Qu'est-ce que tu lui as fait ? »

Ferris eut un autre rire amusé et se leva en secouant la tête avant d'ouvrir la porte de la chambre. Lorsqu'elle tourna la tête et qu'elle vit que son frère était là, dans l'embrasure de la porte, Reagan se figea. C'était comme si tout le sang de son corps venait d'être aspiré. Son cerveau refusait de fonctionner ou d'essayer de s'adapter à la réalité des faits. C'est impossible. Non ! Son demi-frère était la seule famille qui lui restait. Comment pourrait-il faire ça ?

« Aiden ? » Le désarroi entachait les traits de la jeune femme.

« Fais ce qu'il te dit, Reagan, » déclara froidement son frère, sans émotion. C'était comme si une dague de glace venait de lui empaler le cœur.

« Aiden ? Non ! Tu peux pas faire ça ? S'il te plaît, t'es pas sérieux ? » Elle sentit la première larme couler le long de sa joue tandis qu'elle regardait l'air froid et vide de son frère. « Tu es ma seule famille, Aiden. Pitié, me fais pas ça. Pitié, » supplia-t-elle.

Lucas secoua la tête et fit fermement retourner son frère dans le couloir. Elle pouvait les entendre se parler à voix basse sans toutefois comprendre ce qu'ils disaient. Ça devait être un putain de cauchemar. Comment pouvait-il lui faire ça ? Elle l'aimait, lui avait toujours été loyale. Bordel !

CHAPITRE 3

Lucas revint dans la chambre en refermant la porte derrière lui. Le prédateur sombre vint la surplomber, une faim vicieuse nichée dans ses yeux bleu sombre.

« Ton frère a négocié et m'a soutiré un million de plus en m'assurant que tu étais vierge. C'était un bonus surprise, et j'étais content de payer ce supplément. »

Ses yeux passèrent sur le corps de la jeune femme, et elle sentit la chaleur l'envahir de la tête aux pieds et la peur la saisir, ignorant ce qu'il allait lui faire.

« Si tu me connaissais, Reagan, tu saurais qu'il y a deux choses dans lesquelles j'excelle. Deux choses très importantes qui me motivent. Les affaires, et le sexe. Ce marché me permet de satisfaire mes deux besoins à la fois, » fit-il avec un sourire diabolique.

Ferris monta sur le lit à côté d'elle et posa une main sur son ventre, traçant des cercles légers autour de son nombril. « Je ne vais pas te faire mal, mais je vais très certainement te prendre, Reagan. Que ça te plaise ou non. Rien de ce que tu pourras dire ne m'arrêtera. Rien de ce que tu feras ne pourra changer le fait que je vais te baiser. Très bientôt... et très fort. »

Sa bouche ne voulait pas fonctionner. Elle essaya et put sentir son rythme cardiaque s'accélérer et tambouriner dans sa poitrine. Elle ne pouvait que le regarder en silence passer sa main sous l'élastique de sa culotte et pousser un long doigt épais contre la fine bande de poils pubiens qu'elle avait. Lorsque ce doigt arriva à la moiteur qui avait commencé à s'accumuler entre les lèvres de sa chatte, elle frissonna d'un plaisir qui satura son corps, malgré son dégoût et le fait qu'elle soit morte de peur.

Les yeux bleus de Lucas luisirent d'un air vicieux et un sourire étira les coins de ses lèvres pleines lorsqu'il sentit son excitation sous son doigt. «Tellement mouillée, ça va rendre les choses bien plus simples pour toi. »

Lucas tira le tee-shirt de Reagan vers le haut, exposant ses tétons raidis. Il se pencha en avant et prit un téton dans sa bouche chaude et humide. Il suça dessus et son doigt continua à explorer sa chatte et à masser l'excitation crémeuse de la jeune femme contre sa propre peau. Il poussa son doigt plus profondément pour vérifier sa virginité, et fut satisfait lorsqu'il sentit la barrière qui se dressait contre son intrusion. Reagan retint son souffle lorsqu'elle remarqua qu'elle appréciait son contact. Elle se sentait sale, et elle rua et se cabra contre lui, le prenant par surprise.

« Descends, dégage, sale taré ! hurla-t-elle. Tu peux pas faire ça ! »

Son sourire se changea en un rictus démoniaque.

« - Oh que si, je peux Reagan, et je vais.

- Quand ça sera fini, tu passeras le reste de ta vie de merde en prison. Tu dois être vraiment désespéré pour devoir acheter des femmes pour coucher. »

À ce moment, les yeux de la jeune femme devinrent ronds comme des soucoupes et elle hoqueta en le voyant chevaucher son corps. Il attrapa des oreillers et les fourra sous elle pour remonter sa tête. Dans le processus, son peignoir s'ouvrit légèrement et lui permit d'avoir un aperçu de sa bite dure comme de la pierre. Aussi proche de son visage, elle semblait déjà impossiblement épaisse.

« Ça te fera taire ! » grogna-t-il en se rapprochant à quelques centimètres de son visage.

Elle le regarda se rapprocher, horrifiée. « Quoi, tu vas me bâillonner ? Je vais m'étouffer. » Elle chancela, les yeux grands ouverts.

Il sourit largement et retira sa ceinture pour la jeter sur le côté. « Oh, non. Pas avec ma ceinture. » Il grogna tandis que ses yeux engloutissaient ceux de la jeune femme, puis fit monter son corps, jusqu'à ce que sa bite arrive à hauteur de sa figure. Aux mots de Lucas, le cœur de Reagan manqua un battement. Ses yeux étaient des rivières de ferveur et la faisaient plonger, menaçaient de l'étouffer. Elle prit une inspiration rapide qu'elle relâcha aussitôt, comme si elle commençait à faire de l'hyperventilation.

« Pitié, non. » Elle pleura et sentit les larmes couler sur ses joues. « Tu peux pas ! J'ai jamais fait ça de ma vie, » dit-elle en sentant sa peur se muer en colère. Elle lutta contre ses liens, en vain.

« Il y a une première fois à tout, lui assura-t-il. Je suis sûr que je ne serais pas déçu. » Lucas prit sa bite dure dans sa main et appuya de son pouce sur son gland en le pressant contre les lèvres resserrées de Reagan. Il frotta ses lèvres avec le gland doux, de gauche à droite, et une goutte crémeuse de liquide pré-séminal en sortit. Il le lissa sur les lèvres fermement pincées et elle le regarda d'abord avec horreur, puis du défi empli ses yeux.

« Ouvre pour moi, Reagan. Ouvre ta bouche, tout de suite ! »

Elle plissa les yeux et secoua rapidement la tête.

D'impatience, Lucas saisit une poignée de cheveux de son autre main et secoua violemment sa tête. « Ouvre ! » mugit-il.

Terrifiée par la violence dans sa voix et la douleur aiguë de son crâne, elle ouvrit la bouche. Au moment où elle le fit, il s'engouffra à l'intérieur, gorgé de sang et palpitant. Avec une inspiration profonde, Lucas reprit le contrôle de lui-même. Lentement, il entra de quelques centimètres avant de ressortir, pour l'habituer à avoir sa bite chaude et dure dans sa bouche. Lorsque le regard de Reagan se posa sur lui, ses yeux étaient écarquillés de peur, alors il lui parla doucement.

« C'est une bonne fille, ça. Comme ça, grogna-t-il. Lèche-la, utilise ta langue... »

Elle ne pouvait pas. Tout ce qu'elle pouvait faire, c'était le regarder, totalement hébétée parce que l'homme au-dessus d'elle était en train de lui baiser la bouche, et qu'elle ne pouvait absolument rien y faire.

Lucas s'appuya de ses deux mains contre la tête de lit et commença à aller d'avant en arrière avec ses hanches, pénétrant de plus en plus profondément à chaque coup. Elle entendit ses longues inspirations contrôlées et les sons mouillés que sa bite faisait lorsqu'elle entrait et sortait de sa bouche. Et, oh mon Dieu, elle entendit un léger geignement venir de sa propre gorge.

« Détends-toi, ma douce, murmura-t-il. Je vais aller plus loin. Mon Dieu, c'est tellement bon ! »

Reagan serra ses mains en poings lorsqu'elle le sentit pousser sa bite épaisse et dure jusqu'au fond de sa gorge, la faisant s'étouffer comme il l'avait promis. Les yeux de l'homme se fermèrent et elle put voir une fine pellicule de sueur sur son visage.

« Mon dieu ! »

Lucas inspira erratiquement à travers ses dents. Il continuait à se passer l'image de la terreur sur ce visage dans sa tête, ces yeux écarquillés lorsqu'elle avait compris qu'il allait pousser sa bite dans sa bouche. Cette image couplée à la sensation de ces lèvres innocentes autour de sa bite dure l'amena plus proche de son orgasme. Au septième coup de reins, il ne put s'empêcher de laisser échapper un grognement rauque quand il jaillit dans sa bouche. Il s'agrippa à la tête de lit tandis qu'un plaisir intense parcourait son corps tout entier, en partant de sa bite et de ses boules. Lorsqu'il baissa enfin le regard sur elle, il vit que son sperme se répandait aux coins de la bouche de Reagan, et que son propre abdomen en était maculé.

« Oh, Reagan. C'était très bon. Très, très bon . Je vais la retirer maintenant, mais je veux que tu gardes la bouche ouverte. » Il retira sa bite d'entre ses lèvres luisantes et la regarda avec des yeux étrécis, pour voir si elle allait lui obéir. Elle leva le menton en défi et cracha son sperme sur lui, lui aspergeant l'estomac. Les yeux de la jeune femme brûlaient de rébellion.

Lucas ferma les yeux et secoua la tête. Il admirait son caractère ; cependant, il ne le montra pas. « Ouvre la bouche, » répéta-t-il.

Elle leva les yeux vers lui mais ne fit rien. Il trouva son téton et le tordit rudement jusqu'à ce qu'elle crie et qu'elle lui obéisse en le regardant d'un air mauvais. D'une main, il fit sortir davantage de sperme de sa bite et le laissa goutter sur sa langue.

« Avale ! » Il regarda la gorge de Reagan avec attention tandis qu'elle le faisait avec hésitation. Il se mit à genoux et donna un peu de mou à ses liens. Reagan se détourna et s'essuya le visage sur un coussin, tandis qu'il s'allongeait à côté d'elle. Sa bite, encore gorgée de sang, reposait sur sa cuisse.

« Viens ici et lèche-moi jusqu'à ce que je sois propre. J'ai desserré tes liens. » Il désigna son estomac, maculé de son sperme blanc. « Ne te rebelle pas, Reagan. Tu ne veux pas savoir ce qui t'arrivera sinon. »

Les yeux de la femme étaient emplis de dégoût lorsqu'elle se pencha sur lui pour laper les gouttes sur sa peau. Il regarda sa langue rose jaillir pour ramasser les éclaboussures épaisses de sperme et il se sentit durcir de nouveau.

Reagan frissonna d'un mélange de révulsion et d'excitation lorsque Lucas se pencha et l'attrapa par la base du cou. Il l'attira jusqu'à lui et l'embrassa, faisant passer sa langue entre la liaison de ses lèvres pour entrer. Elle pouvait encore sentir l'âcreté rémanente de son sperme dans sa bouche.

Un sourire jaillit sur le visage de Lucas lorsqu'il se leva du lit, attrapa sa sacoche et disparut dans la salle de bain adjacente à la chambre.

CHAPITRE 4

Pendant qu'il était parti, Reagan saisit cette opportunité pour essayer de se libérer. Il y avait assez de mou désormais pour qu'elle puisse examiner les bracelets de plus près. Elle essaya de soulever la lanière d'avant en arrière, mais ne parvint qu'à desserrer puis à resserrer un côté. Bordel !

Le rire grave de Lucas venant de la salle de bain la fit sursauter. Elle le regarda revenir dans la chambre et s'arrêter. Il leva la main et fit non du doigt à son intention. « Tss, tss. Ça ne marchera pas. Ça, en revanche... » Il eut un large sourire en lui montrant une petite clef qu'il tenait en main. « Tu es à moi jusqu'à ce que j'ai fini. »

Il fit quelques pas vers le lit, quelque chose en main. Après l'avoir posé, il ajusta les liens des poignets de la femme de sorte que ses bras soient de nouveau tendus, puis retira complètement ceux de ses chevilles. Elle referma immédiatement ses jambes, ce qui lui fit froncer les sourcils. « Ouvre tes jambes, » ordonna-t-il d'une voix douce – mais c'était clairement un ordre et non une demande. Elle le regarda reprendre l'objet qu'il avait posé. La panique l'envahit lorsqu'il monta sur le lit et qu'il retira sa culotte en dentelle, exposant sa chatte vierge.

« Humm. » Il grogna lorsque ses doigts ouvrirent les lèvres veloutées. « Doux comme de la peau de bébé. » Reagan avait toujours détesté les poils pubiens, alors elle n'en gardait qu'une fine ligne au-dessus. Tandis que les doigts de Lucas jouaient avec sa chatte, elle commença à refermer ses jambes de nouveau. Il leva les yeux sur elle en écartant ses jambes. « Plus grand, Reagan. »

Elle ferma les yeux, cédant enfin et permettant à ses deux jambes de tomber de part et d'autre de lui et lui donnant ainsi un accès total. Elle était terrifiée, et pourtant excitée à l'idée de ne pas savoir ce qui allait arriver. Au son de bourdonnement, elle ouvrit les yeux. Il glissa lentement la petite balle de haut en bas dans ses replis doux et mouillés, ses fentes secrètes, et enflammant chaque nerf de sa chatte. Elle ne respirait même pas, ne relâchait sa respiration que lorsqu'il se retirait. Parfois, il utilisait ses doigts pour ouvrir les lèvres de sa chatte et faire doucement pénétrer juste le bout du vibrateur à son entrée. Dedans, dehors, dedans, dehors. Elle pouvait sentir la pulsation érotique entre ses jambes.

« Putain, tu es tellement mouillée, Reagan, » fit-il remarquer avec un sourire en coin, et ses yeux eurent un éclat vicieux. Elle pouvait sentir son visage cramoisi de honte tandis que son propre corps se rebellait contre elle. Lucas l'avait excitée au-delà de tout ce qu'elle avait pu ressentir auparavant, et la domination et le contrôle dont il faisait preuve ne faisait qu'y ajouter.

Impatiemment, il poussa sa cuisse. « Plus grand. » Elle ouvrit encore plus ses jambes. Cette fois, elle sentit la petite balle entrer dans son cul. Rien que l'extérieur de l'anneau, et à chaque fois qu'il avançait un peu plus, un frisson coquin la parcourait. Reagan ne comprenait pas pourquoi son corps réagissait comme ça. Doux Jésus ! C'était quoi, son putain de problème, pour qu'elle soit excitée par un homme qui la forçait à devenir son jouet sexuel ? Est-ce qu'elle avait complètement perdu la tête ?

Lucas augmenta la vitesse du vibrateur d'un cran et commença à titiller sa chatte, juste à l'entrée. Elle ne put retenir le gémissement qui passa ses lèvres tandis que les sensations s'accumulaient. « Humm. Tu aimes ça, pas vrai ? » demanda-t-il en continuant à la faire basculer. Il retira le vibrateur et l'éteignit pour le reposer sur le lit. Sa chatte offerte, gonflée, rose, et soyeuse, rutilait de ses fluides.

Il fut soudainement envahi par une envie profonde de dévorer sa douceur innocente ; le besoin de ressentir les lèvres de sa chatte veloutée contre sa langue le consuma. Plus que tout, il voulait la sentir ruer contre son visage pendant qu'il la lécherait, la titillerait et sucerait les fluides intoxicants directement depuis sa chatte vierge.

Un grognement sourd et grave résonna dans sa gorge, et il plongea en avant en enfouissant son visage entre ses cuisses. Reagan sursauta, surprise. Les mains de Lucas attrapèrent ses genoux, les poussant de chaque côté, forçant ses jambes à s'écarter. Sa langue, lisse et chaude, la lécha, plongea entre les replis de ses lèvres, fit des cercles autour de son clitoris sensible. Reagan le sentit faire des cercles avec ses lèvres autour de son entrée gonflée. Elle n'avait jamais laissé personne approcher autant de sa chatte et se sentait perdue devant le plaisir intense qui envahissait son corps tandis qu'il la dévorait comme un animal affamé. Elle sentit tout contrôle lui échapper et ses hanches bouger d'elles-même contre cette bouche incroyable. À chaque fois qu'il tirait, qu'il léchait ou qu'il suçait, elle sentait la chaleur l'envahir, ce qui ne faisait qu'augmenter le désespoir avec lequel elle désirait sa délivrance. Reagan s'était déjà fait plaisir seule des milliers de fois, mais elle n'avait jamais ressenti ce genre d'intensité avant.

Elle devenait folle de plaisir et tout ce qu'elle voulait, c'était frotter sa chatte contre le visage de cet homme dans une demande muette de la faire jouir. À ce moment précis, ces lèvres et cette langue constituaient tout son monde. Elle essaya de retenir ses gémissements et ses grognements sourds, mais en vain. Son corps la trahissait, et elle n'avait plus aucun contrôle et à ce moment, elle s'en fichait. Elle voulait qu'on la délivre, elle avait besoin de jouir. Oh, mon Dieu, elle allait jouir !

Lucas sut que Reagan allait perdre tout contrôle et s'abandonner à l'orgasme ; il l'avait observée intensément, chaque impulsion de ses hanches et l'intensité grandissante de ses gémissements. Chaque fois que cette chatte pulsait contre son menton, sa bite le lançait en réponse. Chaque geignement étranglé qui sortait des lèvres de Reagan le faisait frissonner. Putain, c'était tellement érotique ! Lorsqu'il la vit enfin arriver au pic de son excitation, il s'arrêta, la laissant retomber au bord d'un orgasme violent. Elle tira sur ses restrictions de frustration, haletante, mais il se contenta de lui sourire, le visage recouvert de ses fluides.

« Va te faire foutre, sale taré ! » cria-t-elle, et elle ferma les yeux en essayant de reprendre son souffle.

« Tu me veux vraiment à ce point, pas vrai, Reagan ? » demanda-t-il en regardant son clitoris qui était magnifiquement gonflé après l'assaut de sa bouche. Du bout du doigt, il effleura son entrée débordante, et rit lorsque sa chatte convulsa pour essayer d'y attirer son doigt.

« Arrête. Par pitié. » Elle avait l'air vaincue. « Tu m'obliges à faire ça ! »

Lucas sourit. Malgré le fait que sa chatte était dégoulinante, elle niait son propre plaisir si visible. Il devait bien le reconnaître, elle était têtue, mais il était tout à fait prêt à relever ce défi. Il la titilla encore plus en passant son doigt contre le bord extérieur de ces lèvres à la peau de bébé, amusé par les spasmes que cela causait.

« Reagan, ma douce. Tu vas me supplier de te baiser. » Il passa une main sous le genou de la femme, lui soulevant une de ses jambes, et frotta son clitoris avec le bout charnu de son doigt.

« Merde ! » souffla Reagan, le corps tendu et immobile à l'exception des tressaillements qui venaient de sa chatte trempée.

Lucas remonta le long du lit jusqu'à ce que ses genoux pressent contre les flancs de Reagan. Il baissa la tête pour lui parler.

« - Tu vas me supplier de prendre ta virginité.

- Va te faire foutre ! » cracha-t-elle en haletant pour reprendre son souffle, et la sueur gouttait contre ses tempes et dans ses cheveux blonds vénitiens. Elle se mordit la lèvre et se détourna.

« - Allez, supplie-moi de te baiser comme un animal...

- Non ! répliqua-t-elle fermement tandis qu'il glissait sa bite contre son clitoris sensible pour la titiller.

- ... Hmm... de te donner cette délivrance que tu désires tellement. » Il prit une inspiration tandis qu'il passait lentement sa bite dure contre elle pour combattre sa propre envie de jouir.

Impatiemment, il souleva son autre jambe et se concentra pour la faire tomber dans le désespoir à la place. « Ça fait du bien, Reagan, pas vrai ? grogna-t-il. De sentir ma grosse bite glisser contre ta chatte toute humide et gonflée. »

Elle laissa échapper un gémissement lorsqu'il poussa ses hanches en une rapide série d'impulsions. Le frottement contre sa chatte la rendait folle.

« Pense au plaisir que tu ressentiras avec ma bite en toi, pour te remplir. Ça serait tellement bon, putain. Tout ce qu'il faut, c'est que tu me le dises, Reagan. Dis-moi que tu le veux. »

Les mains de Reagan étaient serrées en poings, sa respiration était faite de halètements rapides et elle gardait un silence obstiné. Elle n'allait pas lui donner cette satisfaction.

Lucas sourit. Il pouvait jouer à ce jeu, et il était ravi de le faire. Il relâcha sa jambe et passa au-dessus de son corps étiré. Avec un souple mouvement de ses hanches, il avança juste la tête de sa bite pulsante en elle. Il portait son poids sur ses bras, de sorte que la seule partie de son corps qui la touchait était sa bite.

Le corps de Reagan eut un sursaut brusque, et son regard alla chercher celui de Lucas. « Non, pitié, pas ça ! »

Il regarda la peur dans ses yeux et elle l'excita, puis il eut l'envie irrationnelle de la rassurer. « Ce n'est que le bout, Reagan, chuchota-t-il. Détends-toi, c'est tout. Ça va être tellement bon pour toi. Je te le promets. » Elle aspira une grande goulée d'air et ferma les yeux. Il sentit son corps se détendre silencieusement. « C'est une bonne fille, ça. » Ses mots étaient doux, et il commença à imprimer un rythme dans ses hanches pour la pénétrer encore et encore, en ne laissant glisser que son gland en elle avant de le ressortir. Sa chatte était tellement serrée que le bout de sa bite faisait un bruit de succion sonore en entrant et en ressortant. Il observa attentivement son visage pour voir sa réaction, et la réponse de son corps lorsqu'il changeait sa vitesse ou qu'il se retirait parfois totalement pour passer la longueur de sa tête contre son clitoris gonflé et tressaillant, avant de glisser de nouveau en elle. Ces quelques centimètres suffisaient à l'exciter encore un peu plus. En quelques instants, il sentit le déplacement inconscients de ses hanches sous lui pour aller au rythme de ses propres mouvements. Cette réponse en disait long.

Elle se débarrassait de ses inhibitions, elle allait plus loin que ses peurs et elle permettait au plaisir de prendre le relai, elle se permettait de s'y perdre.

« C'est ça, ma belle. C'est tellement bon, pas vrai ? Dis-moi que tu le veux. Supplie-moi, Reagan. » Il se pencha pour murmurer à son oreille, « Dis-moi que tu veux sentir ma bite en toi. »

Reagan garda la bouche fermée et les yeux clos.

« Putain, t'es tellement agréable. Tu veux que ça aille profondément en toi, pas vrai ? Toutes ces petites choses te rendent folle. » Il bougea rapidement ses hanches pour permettre à son gland d'entrer et de sortir, la faisant haleter et se débattre. « Le seul moyen de te délivrer, c'est de le dire, Reagan. Dis-moi que tu le veux, et je te laisserai jouir. Supplie-moi de te baiser ! »

Elle approchait de plus en plus d'un orgasme, et il la poussait avec plus d'urgence. De petites perles de transpiration se formaient sur son front, et elle commençait à gémir et à haleter un peu plus fort, bien qu'elle essaye de garder ses réactions sous contrôle. Lucas lui-même transpirait de l'effort que ça lui demandait de retenir son propre orgasme. Lorsqu'elle fut de nouveau au bord de son orgasme, il lui refusa encore. D'un mouvement rapide de ses hanches, il repartit, laissant sa chatte gonflée douloureuse et vide.

« Non, pitié ! Pitié ! » Elle décolla son dos du lit pour aller vers lui, presque involontairement. Il l'ignora, mais la garda excitée avec des caresses apaisantes de ses doigts contre son clitoris gonflé.

« Pitié quoi, Reagan ? » Il appuya fort contre son gland pour retarder sa propre délivrance. La sensation glissante des lèvres de sa chatte contre et autour du bout de sa bite était une pure torture et sa bite pulsait dans sa main, mais il ne jouit pas.

« Merde ! » haleta-t-elle, luttant avec sa fierté. Elle détestait avoir besoin de quelque chose venant de lui, mais elle avait besoin de sa délivrance comme de son dernier souffle. Sa chatte était douloureuse et la lançait d'un besoin dur qu'elle n'avait jamais ressenti auparavant, et elle se laissa enfin aller, se contrefoutant de tout.

« Baise-moi, espèce de sale taré ! » cria-t-elle.

Lucas la regarda droit dans ses yeux noisettes et secoua la tête. « Tu peux faire bien mieux que ça. »

Reagan se mordit la lèvre lorsqu'il se baissa et la lécha de nouveau entre ses jambes. La sensation de sa langue chaude envoya un frisson à travers son corps et chacun de ses nerfs se concentra sur son clitoris gorgé de sang. De nouveau, il l'amena au bord de son orgasme et la laissa en suspens. Une fois qu'il fut dissipé, il recommença encore et encore, jusqu'à ce qu'elle ne puisse plus penser à rien et qu'elle ne soit plus qu'un désastre tremblotant.

« Pitié, je t'en supplie. S'il te plaît, baise-moi. Baise-moi ! »

Il suçota une dernière fois son clitoris endolori avec sa bouche et la fit sursauter. « Encore, » grogna-t-il en suçant l'une des lèvres de sa chatte et en passant deux doigts dans sa chatte juteuse. Elle ne put empêcher son corps de ruer contre le sien.

« PITIÉ ! Je t'en supplie. Baise-moi. Mets-la moi dedans. Pitié ! » cria-t-elle.

Lucas remonta le long de son corps, s'arrêtant pour sucer rudement un téton au passage, et la sensation lui fit retenir son souffle. Tout le corps de Reagan était en feu. Avec un sauvage sourire victorieux, Lucas se positionna au-dessus d'elle, aligna sa bite avec son entrée et poussa. Elle était tellement glissante que si elle n'avait pas été vierge, il aurait pu glisser directement en elle. Elle était tellement, tellement serrée que ça excitait Lucas, parce qu'il avait l'intention de rendre ça d'une lenteur douloureuse, pour qu'il puisse sentir la rupture de sa virginité sous l'assaut de sa bite dure et épaisse.

« Oh mon dieu, » geignit-elle.

Aussitôt qu'il commença à pousser en elle, Reagan ne fut plus sûre de vouloir ça, après tout. L'épaisseur lancinante continuait à avancer, de plus en plus profondément jusqu'à butter contre la souple barrière virginale – pas assez fort pour la déchirer, mais suffisamment pour tester sa résistance. Elle eut l'impression qu'il allait la fendre en deux. Reagan se tortilla sous son corps, essayant de fuir la pression douloureuse et constante de cette invasion. Elle n'avait jamais fait passer rien de plus épais que son doigt.

« N-n-n-non…, cria-t-elle. J'ai mal- » Elle haleta lorsqu'il poussa de nouveau. Lucas s'arrêta, la respiration lourde. « Mon dieu, t'es tellement serrée. » Il écarta une mèche de cheveux qui passait devant son visage et murmura, « Tu dois te détendre, et ça ne fera plus aussi mal. »

Lucas baissa la main et frappa son clitoris avec ses doigts pour la ramener de nouveau vers cet orgasme fantastique. De lourds soupirs commencèrent à sortir de la gorge de Reagan. Il frotta contre son clitoris avec intensité et exactement ce qu'il fallait de pression, et, cette fois, permit à l'orgasme de s'installer. Reagan hurla et lutta contre ses liens tandis que l'orgasme érotique traversait son corps entier. Sa chatte, comme un étau, convulsait autour de Lucas, le pressant sans merci. Elle cria même son nom pendant ses spasmes orgasmiques.

Il s'abaissa de nouveau sur elle avec une pression implacable, sans s'arrêter cette fois quand il sentit la résistance vigilante de sa virginité ; il se délecta du plaisir de briser cette douce barrière, poussant de plus en plus profondément. Il était obsédé par un besoin irrépressible de s'enfoncer profondément en elle.

« Oh putain, oui, » grogna-t-il. Enfin, ses boules vinrent se nicher contre son anus, et il se maintint contre elle avec un gémissement de plaisir proche du ronronnement. Lucas commença à bouger lentement et à donner des impulsions rythmées et pénétrantes, bien que Reagan soit toujours incroyablement serrée. Il savait que plus il se forçait à attendre, plus son orgasme serait intense. Il baissa les yeux sur Reagan et plus il bougeait, plus son visage semblait se détendre, bien qu'elle semble encore combattre le plaisir qui s'accumulait en elle. Quand les jambes de la jeune femme vinrent s'enrouler sur ses hanches et qu'elle propulsa son corps à sa rencontre, il sut qu'elle avait surpassé la douleur et ça le fit basculer.

« C'est fantastique, pas vrai, Reagan ? Vingt centimètres de bite dure dans ta chatte. Est-ce que tu peux en sentir chaque centimètre te remplir quand je pousse en toi ? » Il accéléra son tempo de coups de reins, et la friction de leur baise était presque électrique. Quand elle laissa échapper un cri étouffé, il martela rudement en elle.

« Oh oui, putain, jouis pour moi, ma petite, » grogna-t-il et il plongea plus durement en elle encore, ses hanches pompant comme une machine bien huilée. Du coin de l'œil, il pouvait la voir ouvrir et fermer ses poings dans ses liens, mais ses cris haletants l'encourageaient à continuer.

« Mon dieu ! grogna-t-il dans son cou. Je vais jouir en toi, Reagan. » À ces mots, le corps de la jeune femme se raidit un instant. Puis elle s'arqua contre lui, s'écroulant en frissons convulsifs tandis que son deuxième orgasme consumait son corps entier. Quand sa chatte se resserra sur lui en une poigne répétitive, serrée et ondulante, Lucas laissa tomber sa tête en avant et jouit. Avec un cri guttural, il explosa en elle.

Sa bite convulsa tandis que son sperme jaillissait de lui en longues giclées prolongées. Chaque muscle de son corps était tendu lorsqu'il se retira. Il regarda sa bite, dans sa main, et put voir le sang virginal et scintillant de Reagan dessus. La vue de cette tâche pourpre sur sa peau l'emplit de satisfaction.

Reagan refoula des larmes de honte lorsqu'elle comprit qu'il n'allait pas se satisfaire de seulement prendre sa virginité. Lucas avait un plan détaillé, et elle n'avait aucune idée de son contenu. Cependant, elle savait que son épreuve était loin d'être terminée.

CHAPITRE 5

Si seulement chaque contrat que Lucas signait finissait par baiser une magnifique vierge. Il s'assit sur le lit, sincèrement amusé de voir Reagan prétendre qu'elle dormait. Ses longs cheveux blonds étaient magnifiquement étendus sur les coussins, et son ventre était taché de son sperme. À la jonction de ses cuisses, il pouvait voir davantage de son sperme mêlé à son sang virginal goutter de sa chatte luisante. Il ne put résister à la tentation et plongea un doigt dans sa chaleur collante, l'enduisit, puis l'essuya sur les lèvres de la jeune femme. Reagan sursauta et ouvrit les yeux, trahissant le fait qu'elle ne dormait pas.

Il fixa son regard sur le sien et dit, « Je vais te détacher, Reagan. »

Une vague d'excitation la parcourut. Peut-être qu'elle avait eu tort, et que c'était fini après tout, et qu'elle pouvait essayer d'oublier que cette agression haineuse était jamais arrivée – essayer de se convaincre qu'elle ne l'avait pas appréciée.

D'un mouvement fluide, Lucas se leva du lit, ce qui exposa les formes musculeuses de son corps athlétique.

Malgré le fait que cet homme venait tout juste de la baiser de force, elle devait reconnaître la perfection de son corps. Il devait faire de la musculation tous les jours pour avoir développé un physique comme ça, songea-t-elle. Chaque muscle de son corps était admirablement dessiné. Ses yeux furent soudain attirés vers sa bite, tâchée d'un mélange de sperme et de son sang. Elle se rappela combien elle s'était sentie remplie et le violent orgasme qui avait parcouru son corps jusqu'à l'oublier, et sa chatte eut un spasme comme pour en demander plus. Bon dieu, Reagan ! C'était une pure réaction de son corps, un réflexe dû aux stimulations reçues.

Lucas rit doucement et claqua des doigts pour ramener son regard vers son visage. Il avait l'air amusé, comme s'il savait ce à quoi elle pensait. « Je vais te laisser te laver, » dit-il en se penchant au-dessus d'elle, et il enleva les liens autour de ses poignets. Reagan s'assit et se les frotta. « Prends autant de temps que tu veux, mais prends une douche, pas un bain. »

Elle avança jusqu'à la salle de bain et remarqua que la poignée avait disparu. Elle se retourna vers Lucas. Il haussa les épaules et, de la main, lui fit signe de continuer. Elle ouvrit le robinet d'eau de la douche et y entra.

Lucas se rendit jusqu'à l'interphone sur le mur et appuya sur le bouton.

« - J'espère que tu es là, Aiden.

- Je suis là.

- Tu as regardé ? Écouté ?

- Oh oui, mon dieu, répondit Aiden avec une excitation évidente.

- J'espère que tu as autant apprécié ça que moi, fit Lucas en se souriant à lui-même.

- Je t'emmerde, Lucas. Je veux ma part, gronda Aiden dans le micro.

- Une fois qu'on aura finalisé notre accord et signé sur les petits pointillés, tu pourras prendre toutes les parts d'elle que tu veux. La nuit ne fait que commencer, et il y a encore beaucoup de choses avec lesquelles s'amuser. Oh, et apporte-moi une bouteille de bourbon avec deux verres. » Lucas appuya sur un autre bouton pour mettre l'interphone en mode transmission seule.

Avant que les parents d'Aiden et de Reagan ne meurent dans cet accident de voiture, le père de Lucas, Rex, avait acquis plus de vingt transactions foncières différentes avec le père d'Aiden et le beau-père de Reagan, Sean Lynch. Lorsque Aiden avait repris l'affaire, Rex et Lucas l'avaient observé lentement conduire l'entreprise dans le mur, et songé que c'était une putain de honte. Comme son père aurait été déçu de le voir, s'il avait été là. Lorsque Lucas était arrivé et avait proposé une offre de rachat intégrale, il savait qu'Aiden lui vendrait ce qu'il lui restait de son entreprise en un battement de cil. Il avait tout raté l'année passée, et ça se ressentait dans le rapport annuel. Quand Lucas Ferris avait fait son offre, son père, Rex, avait ordonné à son équipe de faire une contre-offre sans conviction. Et tout avait commencé.

Lucas avait volontairement fait traîner les négociations, en calculant habilement le moment adéquat pour voir si Aiden sauterait sur son offre. Durant une réunion, Reagan s'était faufilée dans la pièce, se faisant au passage redresser chaque homme de la pièce dans son siège. Elle portait un chemisier blanc transparent et léger, déboutonné à la taille, ce qui révélait un débardeur serré et un short qui ressemblait à une jupe en-dessous. Lucas avait très attentivement observé le comportement d'Aiden devant sa demi-sœur, sur une longue période.

« Reagan, quelle belle surprise, » disait Aiden avec un

sourire. Lucas n'était pas étonné. Il avait programmé son entrée, et il n'était pas rare qu'il utilise la beauté éclatante de sa demi-sœur pour distraire ses adversaires en affaires. Il hocha la tête en remarquant que les tétons de Reagan pointaient. Elle s'arrêtait alors, comme si elle n'avait pas su que la pièce serait pleine de gens.

« Je suis terriblement désolée. Je pensais que tu serais prêt à partir, Aiden. Je ne voulais pas vous interrompre. »

Lucas se leva, en profitant de la vue qui s'offrait à lui. « Mais pas du tout, Reagan. Je pense que tout le monde ici est d'accord pour dire que ce genre d'interruption est bienvenu. » Reagan sourit tandis qu'Aiden faisait les présentations. Aiden remarqua également l'intérêt de Lucas pour Reagan, et accepta d'arranger un dîner pour le soir.

Le jour suivant, Lucas insista pour le voir en privé dans leur domaine familial en Californie, à La Jolla. Quand il arriva, Lucas ne perdit pas de temps et tendit un dossier épais à Aiden. « Prends ton temps pour le lire. Je vais me prendre un verre en attendant, » dit-il en versant le liquide ambré dans un verre.

Aiden lut les documents deux fois et se tourna vers Lucas. Un sourire malfaisant étira ses lèvres. « Petit connard ! » fit-il, avant de marcher vers lui et de lui asséner une claque dans le dos. « Ça me va, mais change ça à quelques heures, et je passe derrière. »

Lucas finit son verre, le reposa, et saisit le dossier. « Sale taré. Oublie le contrat. » Il nicha le dossier sous son bras et se dirigea vers la porte.

« Oh allez, Lucas. Dieu du ciel. C'est ma demi-sœur, elle est pas de mon sang. »

Lucas se retourna pour dévisager cet enfoiré. « Je te donne une dernière chance. Ne sois pas totalement débile. Je la veux pour vingt-quatre heures, pour mon bon plaisir. Pas une de moins, pas une de plus. En échange, je m'en remettrai à chaque article original que tu as listé pendant les premières négociations, et je payerai le prix d'achat à cent pour cent. »

Aiden n'hésita pas, et un sourire étira ses traits. « Elle est vierge, tu sais, dit-il d'un air astucieux. Cinq millions pour sa fleur. »

Lucas resta immobile, sans même ciller.

« - C'est de la folie.

- D'accord, deux millions alors. Je t'assure qu'elle en vaudra le coup.

- Deux cent cinquante mille », répondit Lucas.

Un froncement de sourcils marqua les traits d'Aiden. « Est-ce que je t'ai dit que ses seins sont-- »

Aident s'arrêta de parler le temps que Reagan passe devant eux, dans un maillot de bain totalement scandaleux. Aiden ne put retenir son sourire. Un timing parfait, songea-t-il.

Tous deux la regardèrent passer et leur sourire, et elle retourna à la piscine. Quand elle eut disparu, Aiden eut un petit rire.

« - Trois, pas moins.

- Un million. C'est ma dernière offre. »

Avec quelques ajouts mineurs, ils conclurent verbalement leur contrat, qui serait signé le mois suivant, et Lucas était reparti le sourire aux lèvres. Si Aiden savait ce qu'il venait de se passer, la tête lui tournerait.

---

*L*orsque Aiden amena le bourbon et les verres dans la chambre de sa sœur, Lucas lui ordonna de retourner dans la sienne, et referma la porte derrière lui. Sale bâtard de voyeur, songea-t-il en lui-même. Il déposa la bouteille et les verres sur la table de nuit et attrapa sa sacoche pour en tirer quelques bougies. Il les alluma, ce qui donna une teinte légèrement orangée. Une lumière vive sortait de la salle de bain où Reagan prenait encore une douche. Il était sûr qu'elle était en train de laver tout le sperme de son corps, et il décida d'aller vérifier que tout allait bien.

La douche luxueuse et surdimensionnée avait deux tuyaux de sortie et un banc en marbre intégré. À travers les portes en verre embuées, Lucas pouvait voir la silhouette floue de Reagan, ses mains appuyées contre le mur tandis que l'eau tombait le long de ses cheveux. Il avait une vue captivante sur son dos et sur son délicieux cul rond. Sa bite se contracta, et il se passa la langue sur les lèvres en songeant à la lécher entre ces fesses et à sentir le trou plissé de son anus avec sa langue.

Il était temps pour la deuxième mi-temps.

Il prit une seconde pour appuyer sur le bouton de l'interphone, qui activa le son et les caméras. Il regarda Reagan avec intensité, se délectant de son corps plantureux. Il attrapa sa bite qui durcissait et commença à la caresser. Lucas la vit prendre le savon, sans remarquer sa présence, et commencer à faire de la mousse en caressant ses propres seins. Bordel, elle avait des seins magnifiques. Il avait hâte de pouvoir les sucer de nouveau, de les sentir dans ses grandes mains et de faire rouler ces tétons durcis entre son pouce et son index. Il sentit sa bouche devenir sèche quand elle commença à laver sa chatte. Ses doigts plongèrent entre ses jambes avant de passer autour, et entre les deux globes de son cul ferme et jeune, ce qui le poussa enfin à bondir de nouveau sur sa proie.

D'un mouvement fluide, il ouvrit la porte de la douche et entra dans l'espace reclus et bouillant. Reagan se retourna prestement en hoquetant. Ses yeux se baissèrent sur son érection violente, tendue vers elle comme un pieu d'acier, et elle recula dos au mur carrelé.

« - Je croyais que je pouvais prendre une douche ? siffla-t-elle en fermant les poings.

- Tourne-toi. » Lucas lui adressa un sourire prédateur. Elle fit ce qu'il lui disait, ne voulant pas se battre avec lui. Les gouttes d'eau chaude déferlaient sur eux, et la chaleur était incroyablement agréable. Qu'il était pratique qu'elle ait une douche assez grande pour plusieurs personnes. Il posa ses mains sur ses hanches et frotta sa peau savonneuse tandis que le bout de sa bite durcie s'enfonçait dans la chair de ses fesses.

Il nicha ses lèvres contre l'oreille de la jeune femme et murmura, « Baisons, Reagan. » Il savait qu'Aiden serait en train d'écouter et de regarder. Aux yeux de Lucas, c'était un sale tordu. « Amusons-nous et changeons les règles du jeu. À toi de me dire comment tu veux qu'on le fasse, cette fois. » Il fit glisser sa main le long de son corps jusqu'à trouver ses seins rebondis. Il les pressa, et sentit ses tétons durcir sous son contact. Il les fit rouler entre ses doigts, se pencha en avant pour mordiller son cou avec tendresse. Reagan commença à haleter et sentit ses hanches bouger vers lui.

« Dis moi exactement comment tu veux que je te baise. » Il continua à faire tourner un de ses tétons, et son autre main descendit pour trouver son clitoris. Il joua avec ce petit nœud sensible et son téton et elle se débattit de plaisir en quelques minutes à peine. « J'étais parti pour baiser ce joli petit cul, » dit-il d'une voix profonde et marquée par le désir. Il sentit sa chatte se contracter autour de son doigt lorsqu'il finit sa phrase.

« Quoi ? rit-il. Tu aimes l'idée, pas vrai ? »

Elle ne fit que détourner son visage de lui. Il sortit son doigt de sa chatte mouillée et fit un cercle autour du trou pincé de son cul vierge.

« Humm, » grogna-t-il.

. . .

*E*lle frissonna dans ses bras et un gémissement grave résonna dans sa propre gorge. Lucas se sourit à lui-même et fit remonter son doigt pour le pousser dans son trou du cul. Reagan gémit, plus fort. Il garda son doigt dans son cul et de son autre main, fit le tour de son corps et plongea deux doigts dans sa chatte.

« - Putain, t'es tellement mouillée, Reagan, murmura-t-il à son oreille. Oh, tu aimes que je joue avec ton cul.

- Non, cria-t-elle, faiblement. Arrête, ne me force pas à... »

Lucas fit entrer et sortir son doigt de son cul et sourit, adorant chaque seconde de l'instant.

« - Je n'ai pas à te forcer à quoi que ce soit, ma petite. Ta chatte dégouline pour moi, et ce n'est pas à cause de la douche. Ton clitoris pulse contre mon doigt, et ton cœur bat la chamade. Ton corps tout entier appelle à se faire prendre par le cul.

- Va te faire foutre ! » siffla-t-elle. Elle se retourna, ce qui fit sortir les doigts de sa chatte et de son anus. Ses yeux brûlaient de défi et elle soutint son regard, sans reculer. Lucas plissa les yeux et on aurait dit deux tourbillons d'une colère bleue sombre. Tandis qu'elle se tenait sous le flot continu de l'eau, Reagan comprit qu'elle avait fait une erreur.

Lucas la figea d'un regard fixe qui lui envoya un frisson dans le corps, puis saisit ses bras et les plaqua au-dessus de sa tête contre les carreaux du mur. « Je pense que tu n'as pas compris. C'est moi qui dirige tout, ici. Tu es ici pour MON plaisir. Je t'ai achetée. » Il s'arrêta un instant, maintenant ses bras avec une poigne de fer. « Tu as adoré ce que je t'ai fait avant, putain. Tu as adoré tout ça ! Même si tu avais trop peur pour l'admettre. »

Reagan le regarda, la bouche ouverte sous le choc. « Oui,

Reagan. Tu m'as supplié de te baiser. Plus tôt tu l'admettras, plus tôt tu l'accepteras. »

Elle secoua de nouveau la tête. « Arrête de dire ça. Je n'avais pas le choix. »

Le visage de Lucas n'était qu'à quelques centimètres du sien. « Tu as joui, Reagan. Deux fois, et tu as totalement adoré ça ! » gronda-t-il.

Elle le regarda, avec un air de vengeance au fond des yeux. « Espèce de fils de pute sadique ! »

Il rit. « Tu n'as aucune putain d'idée de ce qu'est un vrai sadique, Reagan. Mais tu vas vite le découvrir. »

CHAPITRE 6

Il la força à se mettre à genoux, empoigna ses cheveux blonds vénitiens d'une main et tira en arrière pour que son menton soit relevé et qu'il puisse clairement voir ses grands yeux noisettes qui lui rappelaient ceux d'une biche. Sa bite jaillit devant elle.

« Suce ma bite, » gronda-t-il.

Il appuya une main contre le mur carrelé et cala ses pieds contre le banc. Cela permettait à son corps d'avoir un angle pour une pénétration plus extrême, s'il le souhaitait.

Un sourire démoniaque étira ses lèvres lorsqu'il la vit ouvrir sa bouche, et il y enfonça sa bite. Il plongea profondément et se concentra sur sa bite qui disparaissait dans cette magnifique bouche. Ses boules claquèrent contre le menton de Reagan lorsqu'il bougea ses hanches et s'enfonça brutalement dans sa gorge. Putain ! Après quelques minutes seulement, il se retira en grognant, à l'agonie.

« Debout, » ordonna-t-il. Il la regarda obéir. « Tourne-toi. »

Il attrapa sa hanche et poussa son épaule pour la faire se pencher en avant. Du pied, il poussa les siens de côté de sorte qu'elle écarte ses jambes. Absolument parfait. Il plia les genoux, fit prendre l'angle nécessaire à la tête de sa bite dure à son entrée et poussa. Ce n'était pas l'accouplement indulgent et attentionné qu'il lui avait donné un peu plus tôt. Il se contrefoutait de savoir si elle jouissait ou non, et ne donnait aucune attention à son plaisir. Tout ce qu'il souhaitait, c'était exercer son pouvoir sur elle. C'était une furie purement animale. Il la martelait avec tellement de force que ses pieds ne cessaient de glisser. Chaque coup de hanche violent était ponctué par un de ses grognements, seulement parce que ce qu'il ressentait était putain de bon, et qu'il savait que son frère écoutait.

« Tu es... uuh !... tellement... uuh !... serrée ! » Ses mots étaient entrecoupés de grognements. Il sentit sa bite jaillir lorsqu'il jouit profondément en elle, tandis que l'eau continuait de dégouliner sur eux.

Lorsqu'il eut repris son souffle, il se retira, et Reagan se retourna pour reculer, dos au mur. Il l'ignora, attrapa le savon et se lava. Il se rinça, lui lança un dernier regard et sortit de la douche, en attrapant une serviette au passage. C'était de la folie ; il ne se sentirait pas mal à cause de ce qu'il venait de faire.

Quelques instants plus tard, il entendit l'eau s'arrêter de couler. Reagan s'enroula dans une serviette, puis sécha ses cheveux avec une serviette plus petite. Lorsqu'elle sortit de la salle de bain, il la guida jusqu'au lit.

Il plongea son regard dans le sien. « Pas de liens pour l'instant, » dit-il en lui faisant signe de se mettre sous les couvertures, puis il lui servit un verre de bourbon. « Bois-ça. Après, on devrait dormir. »

Reagan but la liqueur cul sec. Elle n'aimait pas particulièrement ça, mais elle en avait vraiment besoin pour le moment. Elle ferma les yeux et secoua la tête tandis que la liqueur laissait une traînée brûlante le long de sa gorge et réchauffait son ventre. Elle était totalement épuisée, et pouvait à peine bouger. Ses bras et ses jambes lui semblaient être de la gelée lorsqu'elle s'étendit. Le réveil affichait quatre heures vingt-cinq. Pas étonnant qu'elle soit aussi fatiguée.

Lucas grimpa dans le lit à côté d'elle, et finit son verre. Le rythme de la respiration de Reagan et son visage charmant le faisait se sentir étrangement satisfait, presque content. D'ordinaire, chaque heure de sa journée était consacrée aux affaires. À toujours étendre un peu plus son emprise dans ses contrats d'entreprise. Même pendant qu'il couchait, il songeait à son travail et à la prochaine approche qu'il aurait pour augmenter son chiffre d'affaires final. Sa satisfaction sexuelle était la seule chose qui égalait sa motivation pour l'argent et pour le pouvoir. Mais depuis qu'il avait rencontré Reagan pour la première fois, tout le reste lui semblait non-existant. Son immense empire corporatiste continuait à tourner sans lui, comme il le devait. Lucas n'embauchait que les cadres les plus compétents, qui pouvaient continuer à faire marcher les affaires pendant plusieurs semaines sans lui, mais pour une fois il était libre de la charge de son travail et pouvait uniquement se concentrer sur la situation qui se présentait à lui.

Après avoir soufflé la bougie, il ferma les yeux et s'allongea à côté de Reagan. Il avait besoin d'une bonne nuit de sommeil pour faire face à ce qui arriverait demain. En milieu de matinée, il aurait récupéré son énergie et pourrait gérer Aiden. Il se sourit à lui-même en imaginant l'air de choc intense qu'il pourrait lire sur son visage lorsqu'il comprendrait ce qui allait se passer.

CHAPITRE 7

Reagan remua et ouvrit lentement les yeux, tandis que le soleil matinal entrait par la fenêtre. Elle s'assit sur le lit et fut agréablement surprise de voir que quelqu'un avait apporté un plateau plein d'œufs brouillés, de bacon, de pain grillé et de fruits frais. Il y avait aussi du café et du jus d'orange. L'espace d'une seconde, ça lui sembla être un jour tout à fait ordinaire. Non pas le cauchemar tordu qui lui revint soudain en tête et consuma ses pensées.

Une douleur profonde déchira sa poitrine lorsqu'elle pensa à son demi-frère. Comment avait-il pu lui faire ça ? Bien sûr, ils n'étaient pas du même sang, mais bon dieu, elle avait vécu avec lui pendant neuf ans, en tant que sa sœur ! Elle devait bien valoir quelque chose à ses yeux, non ? Leurs parents seraient totalement répugnés d'apprendre ce qu'il avait fait. Reagan savait bien que son beau-père leur avait laissés à tous deux la gestion de l'affaire familiale. Pas simplement à Aiden. Elle savait aussi que les décisions qu'il avait prises avaient lentement amené l'entreprise familiale à genoux. Mais elle avait joué le jeu, sans rien dire comme une gentille petite fille. Elle passa une main dans ses longs cheveux blonds et sentit la colère s'accumuler lentement en elle. Elle en avait marre de jouer à ce jeu. Il devait payer pour tout ça, putain. Et mon dieu, comme elle allait faire payer son demi-frère.

Mais pour l'instant, elle continuerait à jouer le jeu.

Un raclement de gorge attira son attention, et son regard se leva vers le fauteuil qui était dans le coin de sa chambre. Lucas était assis près de la fenêtre, les doigts croisés sous le menton, et la regardait avec intensité. Quelque chose remua en elle.

« Tu es réveillée, » dit Lucas en attrapant sa tasse de café et en en prenant une petite gorgée. « Mange, tu vas avoir besoin d'énergie, ma petite. »

Elle ouvrit la bouche pour faire un commentaire, mais la referma rapidement. Elle jeta un rapide coup d'œil au réveil sur sa table de nuit. On approchait de midi. Reagan se redressa et regarda la nourriture devant elle. Ça ne lui prit pas longtemps pour manger la plupart du petit déjeuner qu'on lui avait apporté. Elle avait tellement faim, et il n'y avait pas de raison de refuser de manger. Lorsqu'elle eut fini son jus d'orange, elle regarda Lucas et lui demanda, « Combien de temps avant que ce cauchemar se finisse ? »

Il arqua un sourcil et répondit, « Techniquement, jusqu'à minuit, mais peut-être avant. » Il se leva, attrapa une robe nuisette d'un blanc éclatant qui reposait sur le banc au pied du lit, et la posa sur le rebord des draps en lui indiquant de s'habiller. « Pas de soutien-gorge, pas de culotte. »

Ces mots forcèrent son esprit à revenir sur le fait que son propre frère l'avait livrée à Lucas comme cadeau. Rien que cette idée était malsaine, et elle n'arrivait pas à bien l'appréhender. Comment quelqu'un pouvait-il faire ça ? Traiter quelqu'un d'autre comme un objet ? Comme de la merde, comme si elle était du putain de bétail et qu'elle n'était qu'une transaction de plus dans ses affaires.

Aiden l'avait utilisée depuis très longtemps, mais elle n'aurait jamais imaginé de sa vie qu'il puisse être aussi malveillant, et envers sa propre famille.

De savoir qu'il lui avait fait ça sans même sourciller lui donnait envie de crier et de lui arracher ses jolis yeux verts, mais elle savait qu'elle ne pouvait pas faire ça. Elle fut arrachée de ses pensées lorsque Lucas murmura doucement. « Il nous observe. Habille-toi. » Les yeux de Reagan suivirent son regard jusqu'au coin du plafond. Elle plissa les yeux pour essayer de bien voir le petit point noir qu'elle apercevait désormais. Elle était déjà en colère, mais cette colère se transforma en rage et la consuma plus qu'elle n'aurait cru possible, et la douleur la poignarda en plein cœur lorsque la réalité de la nuit dernière se déversa de nouveau sur elle.

Ce malade mental avait tout regardé ! Mon dieu ! Reagan serra sa poitrine contre elle et couvrit sa bouche de sa main en essayant de contenir ses larmes. Puis, ses yeux revinrent à Lucas qui se tenait maintenant dans l'embrasure de la porte.

« Quand tu seras habillée, retrouve-moi dans la bibliothèque, s'il te plaît. » Il lui adressa un petit sourire triste et referma derrière lui.

Sa main couvrait toujours sa bouche lorsqu'elle le vit sortir de la pièce, lui donnant un peu d'intimité. Sûrement pour lui permettre de digérer l'ampleur du secret qu'il venait de partager avec elle. Reagan sentit une larme couler le long de sa joue, puis inspira un grand coup et l'essuya sommairement du dos de la main. Bordel, elle était pleine de rage.

Elle se leva, entièrement nue, et alla chercher la robe sur le rebord du lit. Elle bouillonnait intérieurement, et elle sut qu'elle allait devoir se contrôler. Aiden voulait la voir se faire violer, la voir vulnérable et savoir ses parties les plus intimes exposées et ruinées par un homme auquel il l'avait offerte. Et bien, elle allait lui montrer, à ce salaud.

Reagan marcha lentement jusqu'à la salle de bain, la robe en main, et prit de longues inspirations pour se calmer. Elle enfila le petit vêtement blanc pur et attrapa ensuite les bords du lavabo à deux mains pour se regarder dans le miroir. Elle songea aux petites caméras qui étaient dans sa chambre et regarda autour d'elle lentement, en essayant de paraître naturelle tout en inspectant les murs et le plafond de la salle de bains. Elle vit deux caméras de plus sur les côtés de la douche. Elle se retourna pour se regarder de nouveau et attrapa sa brosse pour lentement lisser ses longs cheveux blonds. « Tu peux le faire, Reagan. Tu peux le faire. » Ces mots parcoururent ses pensées à toute vitesse tandis qu'elle se brossait calmement les cheveux.

C'était étrange de marcher sans culotte. Chaque pas qu'elle faisait amenait un souffle d'air sous sa robe. Quelques instants plus tard, Reagan passa le long du couloir, descendit les escaliers et entra dans la bibliothèque, comme on lui avait dit de le faire un peu plus tôt. Ses yeux tombèrent immédiatement sur son frère. Il était assis dans un fauteuil en cuir en face d'un grand canapé où Lucas était assis, et ils échangeaient des mots légers, comme si c'était une putain de journée normale. Elle avisa le garde du corps qui se tenait à quelques pas du fauteuil, et ses yeux retournèrent à Aiden.

Un pic de rage menaça de l'engloutir tandis qu'elle se tenait là, puis tous les regards vinrent sur elle. « Reagan. Tu as bien dormi, j'espère ? » demanda Aiden, le sourire aux lèvres.

Elle se tint debout, les bras sur les côtés, et serra les poings pour essayer de se calmer. Elle put sentir ses ongles pénétrer dans la chair de sa paume lorsqu'elle afficha un sourire sur son visage et répondit, « Très bien. »

Son regard se reporta sur Lucas, assis en face. « Ma poupée. Viens ici. »

Reagan marcha lentement vers lui, sans quitter son frère du regard. Elle s'arrêta et se tint à côté de Lucas, sans faillir. Elle sentit sa main à l'arrière de sa cuisse sous sa robe, et lentement pétrir sa fesse.

« Est-ce que tu as des questions pour ton frère, Reagan ? » Il attendit une réponse, un sourcil arqué, puis regarda Aiden.

Reagan aspira une goulée d'air avant de parler, sans quitter son frère des yeux. « Est-ce que tu m'as jamais aimée ? » murmura-t-elle. Elle vit son menton tiquer, puis ses yeux se changèrent en quelque chose de sombre.

« À un moment, oui. Mais ensuite... » Il s'arrêta un instant, à la recherche des bons mots. « Tu es devenue une marchandise, quelque chose que je pouvais utiliser comme un pion. » Elle sentit Lucas attraper sa main et la serrer un bref instant, comme pour lui donner de la force.

Reagan se dégagea de l'étreinte de Lucas et fit un pas vers son frère. Les dents serrées, elle gronda. « Comment as-tu pu ? Je t'aimais comme un putain de frère, sale dégénéré ! J'ai été loyale ! » Elle regarda dans les yeux verts de son frère, et n'y vit rien. Aucune compassion, aucune culpabilité et pas une once d'empathie.

Il leva la main pour la faire taire. « Assez, Reagan. Épargne-moi tes bêtises. Je ne te dois rien du tout, putain ! hurla-t-il. Quand j'ai appris que mon père nous avait laissé l'entreprise familiale, à nous deux, j'étais tellement furieux. Comment a-t-il osé ? Son entreprise m'appartenait à moi, son fils ! Pas à une espèce de sale catin. Tu n'as été rien de plus qu'un poids et un mal de crâne ambulant. » Aiden regarda autour de la pièce et retrouva le regard de sa demi-sœur. « C'est qu'un juste retour des choses, petite salope ! »

Reagan sentir les larmes couler sur ses joues, transpercée par ses mots. Un instant plus tard, elle mit la douleur de côté comme elle l'avait toujours fait et laissa échapper un rire qu'elle ne pouvait plus contenir. Quand elle se reprit enfin, elle essuya ses joues et sourit. Elle regarda Lucas par-dessus son épaule. « Est-ce qu'il a signé le contrat, mon bébé ? »

Un sourire machiavélique apparut sur le visage de Lucas et il acquiesça. « Oh que oui. Il est tout à toi, ma poupée. »

CHAPITRE 8

Reagan se tourna vers son frère quand il demanda, « Bordel, quoi encore ? » avec exaspération. L'air perplexe de son visage fit sourire la jeune femme.

« Humm. Qui est la petite salope maintenant, Aiden ? Espèce de gros débile ! Ça fait pas du bien, pas vrai ? » demanda-t-elle, un sourcil arqué et les mains sur les hanches.

Elle observa Aiden passer son regard d'elle à Lucas, perdu.

« - Lucas, c'est quoi ça ? Qu'est-ce qu'il se passe ?

- Tu l'as sous-estimée, Aiden. Tu avais beaucoup de manières de gérer tout ça mais, malheureusement, tu as choisi la mauvaise. Ça ne me regarde vraiment pas. » Il retourna son attention à Reagan, repoussant Aiden par la même.

Reagan s'assit à côté de Lucas sur le canapé, en face de son frère, et se lova contre lui. Elle passa une main dans ses longs cheveux, puis fixa de nouveau son regard sur le fumier assis devant elle.

« Tu as peut-être onze ans de plus que moi frérot, mais tu viens juste de te faire arnaquer par ta petite sœur de dix-neuf ans. » Elle sourit et attrapa le contrat sur la petite table à côté d'elle. Elle le tint en l'air. « Ce contrat que tu viens de signer me donne le contrôle intégral de l'entreprise Lynch Land Développement. Il me donne également tout le capital, les actions et les propriétés de la famille, dont ce magnifique chalet de plaisance. » Elle jeta un œil autour d'elle avant de reporter son attention sur son frère. Reagan soutint son regard et se sentit totalement engourdie par un froid intérieur. Tout ce qu'elle avait eu comme amour et respect pour lui ne voulait plus rien dire, maintenant. Il l'avait trahie de la manière la plus vicieuse possible, et elle s'assurerait qu'il n'aurait plus rien. Pas un seul centime. Elle savait que c'était ce qui lui ferait le plus mal. Il était assoiffé de pouvoir, de statut, et d'argent. Il s'affichait comme quelqu'un d'importance. Maintenant qu'il était sans le sou… sans même un endroit qui se rapprocherait d'une maison, elle savait que ça le briserait. Elle étudia ses traits. La bouche de l'homme se tordit, et ses yeux devinrent sombres et tempétueux tandis qu'il essayait de comprendre ce qu'elle venait de dire.

Aiden essaya de se lever, ulcéré, mais Frankie le fit se rasseoir d'une poussée dans son fauteuil. Reagan le regarda serrer les poings et les dents. « Non ! grogna-t-il, comme d'une douleur physique. Tu ne peux pas me faire ça ! Pourquoi tu ferais ça ? C'est tout ce que mon grand-père et mon père ont bâti, ils ont travaillé tellement dur pour ça. Tu n'en mérites rien du tout ! »

Reagan lui rit au nez. « Pourquoi ? T'es vraiment sérieux ! » Elle ferma les yeux comme pour calmer son agacement, les rouvrit. « Aiden, tout ça ne te serait jamais arrivé. Tu vois, c'était un test, et tu as misérablement échoué. C'est de ta faute, pas de la mienne ! » Elle bouillonnait de rage en crachant ses mots.

Le visage d'Aiden se tordit de nouveau de confusion. « Un test ? »

Reagan reprit une inspiration. « Oui, un putain de test ! Quand j'ai remarqué, des mois après l'accident de voiture que tout… les propriétés, l'empire de Papa et tous les biens devaient nous être donnés à tous les deux, je n'y croyais pas. » Elle s'arrêta un instant. « J'étais tellement perdue, parce que mon frère adoré m'avait expliqué que tout lui avait été laissé, rien qu'à lui. Le véritable héritier de l'empire de son père, qui prendrait bien soin de sa demi-sœur tant qu'elle serait une bonne petite fille. Et je t'ai cru ! »

Elle se passa une autre main dans les cheveux.

« - Bordel, j'aurais dû écouter ma mère !

- Ta mère était une pute uniquement intéressée par l'argent ! » cria Aiden, de frustration.

D'un mouvement souple, Reagan se leva du canapé, fut en deux enjambées sur son frère, et lui flanqua une baffe en travers du visage, laissant une marque rouge sur sa joue. « Ferme ta gueule, tu n'as aucun droit de parler d'elle ! » grogna-t-elle. Elle commença à faire les cents pas dans la pièce.

« Quand j'ai pu avoir la preuve que tu avais trafiqué le testament, je n'avais qu'une envie ; te confronter avec la vérité. » Elle se retourna subitement et s'agenouilla devant son frère. Ses yeux se plissèrent pour regarder dans les siens, verts. « Oh frérot, je savais que tu étais un petit fils de pute cupide, mais je n'aurais jamais, jamais cru que tu tomberais si bas. Tu vois, quand j'ai compris qu'il n'y avait aucun moyen de rectifier les changements du testament, Lucas a trouvé une idée absolument brillante. » Elle se leva et retourna au canapé, déposa un baiser sur les lèvres de Lucas et s'assit à côté de lui.

« Quand Lucas m'a expliqué qu'il savait que tu ne me donnerais pas la moitié de la somme de ton rachat, il a proposé de m'inclure dans le contrat pour me convaincre une bonne fois pour toute de ta bassesse. Bien sûr, je lui ai ri au nez. Il était totalement fou de croire que tu pourrais faire une chose pareille. Je lui ai dit, les yeux dans les yeux, que ça ne marcherait pas, parce que même si mon frère était cupide, ça n'était quand même pas un sale fils de pute qui vendrait sa sœur dans un contrat d'affaires et qui prendrait un million en plus pour sa virginité ! »

Elle reprit son souffle.

« - Bordel, j'avais tellement tort !

- Ma puce, calme-toi, » fit Lucas en caressant ses cheveux.

Du doigt, Aiden les désigna tous les deux.

« - Depuis combien de temps vous mijotez tout ça ? Tu as rencontré Reagan il y a quelques mois, non ?

- La mère de Reagan me l'a présentée quand elle avait dix-sept ans. On a commencé notre relation romantique six mois après l'accident de voiture, quand elle en avait dix-huit. » Lucas sourit et déposa un bisou sur le front de la jeune femme. « Elle est la meilleure chose qui me soit jamais arrivé. »

Reagan ne put s'empêcher de rire devant l'air de son frère. Un désarroi total. Elle se leva enfin et alla jusqu'au mini-bar. « S'il te plaît, fais-lui part des détails croustillants. »

Elle se servit un verre d'eau et jeta un œil en coin à son frère. Il méritait tout ce qu'ils lui avaient fait, et bien plus. Même si, sur le papier, Aiden était sa seule vraie famille, Lucas était son rocher, et l'avait été ces quatorze derniers mois. Sans lui, elle ne saurait pas où elle en serait.

CHAPITRE 9

Lucas s'agenouilla et rapprocha son visage de celui d'Aiden. D'une voix grave et menaçante, il lui parla.« J'ai attendu ce jour tellement de temps, Aiden. Plus d'un an, bordel. Je pourrais jeter ton corps sans vie sur les marches du commissariat de Los Angeles et m'en sortir sans souci, sale malade. » Il grogna, lui adressant un dernier regard agressif. « Étrangement, ta sœur ne voulait pas me laisser faire. Elle pense que te laisser sur la paille est un châtiment suffisant, ce en quoi je ne suis pas du tout d'accord. »

Lucas se leva et expira lourdement, le regard fixé sur Aiden en se demandant si cet homme avait des regrets. Il en doutait. Ce genre de comportement était dans sa nature. Un homme tordu et malade, qui se foutait de tout et de tout le monde à part de lui-même. Au moins, Lucas se confortait dans le fait que tout était fini, et que Reagan serait enfin en sécurité. Il s'assit et croisa les jambes pour se mettre à l'aise.

« Tu vois, mon père, Rex, était éperdument amoureux de la mère de Reagan. Il savait qu'il ne pourrait jamais l'avoir, parce qu'elle était loyale et qu'elle aimait ton père. Quand Carey est venue nous voir, mon père et moi, quelques mois avant leur incident tragique, elle savait que quelque chose clochait. Elle n'avait aucune confiance en toi, et savait que tu ne prendrais pas soin de sa fille si quelque chose leur arrivait. Même après que ton père, Sean, lui eut assuré que Reagan aurait tout ce qu'il lui faudrait. Malheureusement, M. Lynch ne voyait pas le comportement dérangé de son fils. » Lucas marqua une pause en secouant la tête. « L'amour est aveugle. »

Aiden siffla aux mots de Lucas. « Je t'emmerde. »

Lucas l'ignora, prit le verre que Reagan lui offrait et la regarda prendre place à côté de lui. « Carey savait pertinemment que ton père avait modifié son testament pour y inclure Reagan. Et j'ai partagé cette information avec Reagan peu de temps après que tu aies totalement menti à la seule personne que tu étais censé protéger. Mais Reagan est une personne bienveillante, et elle voulait te laisser le bénéfice du doute. Pour voir ce qu'il adviendrait. »

Reagan prit une gorgée de son verre en observant son frère par-dessus le bord, puis prit la parole.

« - On t'a observé et, pendant qu'on attendait, on est tombés amoureux.

- Alors vous saviez depuis plus d'un an, et vous n'avez rien fait ? demanda Aiden en levant un sourcil.

- Oui, Aiden. Ça s'appelle la patience. Une qualité que tu n'auras jamais, ajouta Lucas avec un clin d'œil. On savait que ce n'était qu'une question de temps avant que tu ne mettes l'entreprise à genoux. Une fois que tu avais accompli ça, il ne restait plus qu'à mon père et moi de te faire une offre de rachat que tu ne pourrais pas refuser. »

Il se leva et vint se placer derrière le canapé. De ses mains, il commença à masser les épaules de Reagan. « Mais quand tu as accepté de me donner Reagan comme cadeau, et que tu m'as même offert sa virginité, j'étais sur le cul. Bordel de dieu ! » Il sourit et laissa échapper un petit rire.

« - Quand je lui ai dit, elle ne voulait pas me croire au début. Je pense que c'était le choc de tout ça. D'essayer d'accepter le fait que son frère était un pauvre sac à merde sans aucune valeur. Mais elle l'a enfin accepté et a bien voulu continuer cette charade. Simplement pour voir combien tu étais pathétique, et si tu continuerais vraiment sur ta lancée.

- Va te faire foutre ! C'est toi le malade, à sortir et à baiser avec une mineure ! » cracha-t-il.

Reagan se leva et déposa une main délicate sur le bras de Lucas.

« - Puis-je ?

- Bien sûr. Prends la parole, » acquiesça-t-il en se rasseyant.

« - Bordel, tu es bien ignorant pour quelqu'un qui était censé tenir les rênes de l'empire de notre père. Je suis devenue une adulte légalement consentante le jour de mes dix-huit ans.

- Alors la nuit dernière, c'était de la comédie ?

- Pas tout, non. J'étais encore vierge. Lucas a été très patient avec moi l'année passée, mais j'avais accepté de mettre le plan à exécution, et je lui avais permis de me prendre la nuit dernière pour la première fois. J'aime quand c'est un peu violent, dit-elle.

- Mais il t'a violée, Reagan. » L'air horrifié sur son visage était impayable. Elle ne pouvait pas croire qu'il essayait de ressortir de cette affaire comme un des gentils. Elle laissa échapper une respiration et mit une main contre sa propre nuque. « T'es vraiment sérieux, là ? Il ne m'a pas violée, putain. C'était un plan extrêmement bien préparé, et le fait que tu sois resté assis dans ta chambre à regarder, à t'enflammer et à te branler devant ça est totalement tordu. T'es un putain de déchet ! »

Aiden joua avec ses mains un instant, puis releva les yeux sur Reagan. « Écoute, je suis fautif de tout ce que j'ai fait, mais je n'ai pas regardé, et je me suis pas branlé. Je n'ai aucune idée de ce dont tu parles, putain ! »

Reagan lança un regard à Lucas et dit, « Je commence à en avoir vraiment marre. » Lucas acquiesça, et Reagan fit signe à Frankie. Il souleva Aiden par le col de la chemise et le fit asseoir dans une autre chaise, où il lui menotta les mains dans le dos pour l'empêcher de bouger. Puis, il tira une télécommande de sa poche et appuya sur un bouton. L'écran plat, devant eux, s'alluma. Seule une neige blanche parcourait l'écran.

« Est-ce que tu veux t'en tenir à ces déclarations, Aiden ? » demanda-t-elle une dernière fois. Il ne dit rien, se contentant de regarder l'écran avec un air choqué. Un instant plus tard, ils virent tous une femme entrer dans la pièce.

Ses longs cheveux noirs et soyeux ondulaient dans son dos. Elle portait un imperméable noir, et des talons aiguilles noirs de quinze centimètres au moins.

Reagan ne put réprimer son sourire en regardant l'horreur se dépeindre sur le visage de son frère.

« - Putain mais c'est qui, elle ? Qu'est-ce que vous faites ?

- On va jouer à un petit jeu, frérot. Tu voulais me voir me faire violer par Lucas. T'exciter en me voyant souffrir. Et si on regardait Lasinda s'amuser un peu avec toi ? »

CHAPITRE 10

Un an plus tôt

Reagan se réveilla d'un énième cauchemar, haletante et essayant de reprendre son souffle. Tout ce qu'elle pouvait voir, c'était la voiture de ses parents chuter dans le vide sur cette route de montagne, et leurs visages déformés à travers le pare-brise à la recherche de quelqu'un pour les sauver. Ses longs cheveux blonds étaient trempés, et des mèches lui collaient au visage. Elle se força à se calmer en prenant de longues inspirations apaisantes, comme Lucas lui avait appris.

Elle leva les yeux et vit Lucas, endormi dans le fauteuil à côté de son lit. Il avait l'air totalement serein. La manière dont son bras était tendu vers elle, même dans son sommeil, lui rappela le vœu de protection qu'il avait fait à Reagan et à sa mère. De toujours la garder en sécurité, et de ne jamais la laisser seule. Elle passa sa main sur son propre crâne, et y sentit que la bosse y avait considérablement grandi.

. . .

Plus tôt dans la journée, ils étaient sortis pour faire de l'équitation. Son cheval avait pris peur et l'avait violemment désarçonnée, lui occasionnant une jolie bosse sur le crâne. Quand Lucas avait essayé de venir l'aider, il avait glissé et était tombé dans la boue épaisse et s'était sali. Reagan adorait les purs-sangs que Lucas avait dans sa propriété privée, non loin de La Jolla. Pendant la semaine, c'était son moment privilégié avec Lucas, pendant que son frère la pensait à l'université ou avec des amies. Elle rentrait toujours à la maison les vendredi matins, et affichait son sourire de jeu en priant pour que ce cauchemar se finisse bientôt.

Elle se glissa hors du lit et remarqua que Lucas était encore crasseux. À l'évidence, il n'avait pas pris de douche et ses cheveux étaient parsemés de morceaux de boue séchée. Elle alla à la salle de bain et lui fit couler un bain. Quand elle s'assit au bord de la baignoire et qu'elle passa les doigts dans l'eau pour vérifier qu'elle avait la bonne température, elle l'entendit crier.

« Reagan ! Reagan ! »

Elle jaillit de la salle de bain et le vit courir vers la porte du couloir. Ses yeux étaient affolés.

« Lucas, je suis là. »

Il tourna sa tête violemment au son de sa voix. Ses grandes enjambées avalèrent la distance qui les séparait et il prit son visage dans ses mains, l'embrassant profondément sur la bouche. Reagan fut surprise de le voir aussi inquiet.

« Mon dieu, bébé, quand je me suis réveillé et que tu n'étais plus là, j'ai cru qu'un malheur était arrivé. » Les incidents dans sa voix dévoilaient son inquiétude et, avant qu'elle ne puisse déchiffrer l'air fébrile de ses yeux, il l'attira sommairement dans ses bras.

« Tout va bien, Lucas. Je vais bien, » murmura-t-elle en

passant ses mains dans son dos et en s'appuyant sur lui. Elle reposa sa joue contre son torse, et il rentra les épaules en dedans. Elle pouvait sentir son souffle chaud passer dans ses cheveux.

Elle rompit leur embrassade et leva les yeux sur lui. « Je t'ai fait couler un bain chaud. » Elle essaya de passer ses mains dans les cheveux de l'homme, mais ils s'accrochèrent à la boue, et elle rit. « Tu en as vraiment besoin. » Elle vit un sourire affleurer ses lèvres, et il l'embrassa de nouveau. « Allez mon grand, tu vas dans la baignoire, » lui dit-elle en coupant l'eau.

L'espace d'un instant, il se tint debout à la regarder, en respirant profondément. « Quoi ? » demanda-t-elle avec un sourire.

« Mon peignoir te va bien. »

Elle pouvait voir le côté possessif dans ses yeux, et elle adorait ça. Reagan était à lui, et rien qu'à lui. Pendant les six mois après la perte de ses parents, Lucas avait été là dès qu'elle en avait eu besoin, nuit et jour. Au début, il n'était là que pour prendre soin d'elle, mais le désir et l'attraction grandirent au point où elle ne pouvait plus les nier. Lorsqu'elle avait eu dix-huit ans à peine un mois plus tôt, ils ne pouvaient plus ni l'un ni l'autre nier l'alchimie qui existait entre eux, mais il refusa d'avoir des relations sexuelles avec elle étant donné qu'il avait onze ans de plus et bien qu'elle soit une adulte consentante.

Elle adorait le respect qu'il lui vouait, et cela ne fit que leur permettre de se rapprocher encore plus. Mais il n'y avait certainement rien pour les empêcher de s'amuser un peu en expérimentant.

« - Allez. Mets-toi dans le bain, dit-elle fermement.

- Je ne prends pas de bain, d'habitude. »

Elle arqua un sourcil. « Et bien, aujourd'hui, tu vas en prendre un. » Reagan ne lui laissa pas le temps de protester et le déshabilla, en marmonnant sur le fait qu'il était couvert de crasse. Quelques secondes plus tard il était nu et se glissait dans l'eau chaude. Un grognement de plaisir lui échappa lorsqu'il s'enfonça complètement dans le bain ; la chaleur liquide l'enveloppa, et il laissa progressivement le contrôle rigide de son corps qu'il portait d'ordinaire comme une armure se détendre. Après quelques instants de régal, Lucas s'assit dans la baignoire et vit que Reagan lui souriait . Il lui répondit avec un large sourire. Il n'arrivait pas à se souvenir la dernière fois qu'il s'était senti aussi bien sans sexe.

Elle attrapa le savon et commençait à faire de la mousse sur son torse lorsqu'il leva sa main pour prendre la sienne, l'arrêtant net dans son mouvement. « Je peux le faire. »

Elle se mit sur ses pieds et se tint là, une hanche ressortie. Ses sourcils étaient joints en un froncement, et elle avait les bras croisés comme quand elle était énervée. « Vous êtes sans espoir, M. Ferris, » dit-elle, le sourire aux lèvres.

Une petite boule se forma dans la gorge de Lucas. Les yeux noisettes de Reagan lui rappelaient l'été, accueillants, pleins de promesses et de jeunesse. Lorsqu'il s'y plongea, il eut l'impression que son cœur sombre et indomptable était baigné d'espoir et de rayons de soleil concernant leur avenir à tous deux.

Il avait vécu sa vie en prenant ce qu'il voulait des femmes en suivant son étrange sens de l'honneur, et il en avait été satisfait. Il n'avait pas une fois souhaité une vie amoureuse normale, ce que recherchait la plupart des gens. Lucas avait toujours su que ce n'était pas pour lui, mais dans le cours laps de temps où il avait côtoyé Reagan... il avait compris qu'elle avait changé ça chez lui. Il comprenait maintenant combien il avait besoin d'elle dans sa vie, et pas seulement dans son lit.

Il se sentit soudain submergé, heureux et optimiste pour l'avenir. Les possibilités d'un mariage, d'enfants. Son corps entier lui fit mal lorsqu'il l'imagina recroquevillée près du feu dans son chalet, entièrement nue. Mon dieu, comme il désirait ça. La faire sourire et la rendre heureuse, comme elle l'avait toujours mérité. Il prit une inspiration tandis que la réalité le frappait rudement. Malheureusement, ces pensées devraient rester sur le côté pour le moment.

Il avait parlé à Reagan de la falsification du testament de son père par son frère la semaine précédente. Au début, elle n'y croyait pas ; elle refusait l'idée que son frère puisse recourir à une extrémité pareille. Elle avait été totalement désemparée de l'apprendre. Elle aimait Aiden comme un frère de sang, et ne pouvait pas comprendre qu'il puisse la trahir de cette manière. Lucas n'avait finalement pas eu d'autre choix que de lui parler du point de vue que sa mère, Carey, avait.

« Mais pourquoi elle ne m'aurait pas parlé de ses soupçons ? » avait crié Reagan, clairement perdue.

Lucas avait pris ses mains tremblantes dans les siennes. « Reagan, elle ne voulait pas que tu t'inquiètes pour ça. C'est pour ça que je suis venu dans ta vie. Personne ne savait vraiment si c'est ce qu'il avait prévu de faire, et elle savait que tu aimais Aiden comme s'il était de ton sang. Mais maintenant, les choses ont changé et je suis là pour porter ce fardeau avec toi, pour arranger tout ça. J'ai promis à ta mère et à toi de l'empêcher de te faire du mal ou de prendre ce qui te revenait de droit, et, quand je fais une promesse, je peux te jurer que je m'assure de la tenir. » Il avait posé un bisou sur son front, et leur lien avait été scellé à partir de ce moment, comme s'ils avaient toujours dus être l'un avec l'autre. Comme si le bonheur de l'un était le but de l'autre dans leurs vies.

Il avait fallu un peu plus d'une semaine à Reagan pour accepter la situation. Lucas pouvait voir qu'elle était devenue plus rigide, moins sensible. Et puis, la semaine suivante, elle vint trouver Lucas en lui demandant, « On fait quoi ? »

Lucas lui expliqua qu'ils devraient être patients et attendre qu'Aiden fasse une erreur. Ils savaient tous deux qu'il en ferait une à un moment, mais ils ne savait pas dans combien de temps, et ça tuait Lucas que Reagan doive vivre sous le même toit que le dégueulasse qui jouait à ce jeu. La faire se dandiner devant ses associés en affaires comme distraction donnait envie à Lucas de le descendre immédiatement, mais Reagan lui avait assuré qu'elle pourrait s'en charger seule.

Et elle avait réussi. Elle avait joué tous ses atouts d'une main de maître.

CHAPITRE 11

Six mois avaient passés depuis que Lucas avait informé Reagan de la dépravation de son demi-frère. Le temps avait passé, et elle lui avait fait croire qu'il était le seul sur lequel elle pouvait se reposer. Sa vraie nature avait lentement évolué en un monstre qu'il avait toujours caché à elle et au reste de leur famille.

Elle était vraiment reconnaissante à sa mère d'avoir eu de l'intuition et d'avoir su voir Aiden comme il était vraiment, ou elle aurait vraiment été baisée. Mais grâce à Carey, elle avait rencontré Lucas. Reagan ne serait pas laissée seule. Leur relation avait lentement progressé en un lien si solide que personne ne pourrait le briser. Comme Lucas lui avait dit, « Patience, ma douce, il va faire une connerie. Ce n'est qu'une question de temps. » Et il avait tellement raison.

Aiden avait lentement conclu les pires pires contrats que la société avait connu. Il avait acquis des propriétés pour des millions mais ne pouvait les développer, et avait ensuite dû les revendre en occasionnant des pertes substantielles. Il avait dépensé plus d'argent qu'il ne pouvait se le permettre. Ils savaient que ça ne prendrait plus longtemps avant que

Lucas et Rex l'approchent pour lui proposer une offre de rachat qu'il ne pourrait refuser.

Elle essaya de retirer Aiden de ses pensées, et songea plutôt au week-end à venir, qu'elle attendait avec impatience. Elle avait arrangé de le passer avec Lucas en Suisse, bien qu'elle ait dit à son frère qu'elle le passerait avec des amies. Elle était en train de finir de faire sa valise, pour être sûre de pouvoir partir dès le matin. Elle se retourna lorsqu'elle entendit toquer à la porte, et vit Aiden entrer. La confusion se lisait sur les traits de son frère.

« Qu'est-ce que tu fous, exactement ? » grogna-t-il en arquant un sourcil, avant de faire quelques pas pour lui faire face.

Reagan déposa la dernière robe dans sa valise et se tint droite. « Je pars pour le week-end. Tu te rappelles ? »

Elle le vit mettre la main sur son visage, puis secouer la tête. « Qu'est-ce que je vais faire de toi ? Hein ? » Sa main retomba et, du doigt, il appuya sur les vêtements soigneusement pliés dans la petite valise. « Tu as déjà des obligations pour d'autres choses plus importantes ce week-end, sœurette. » Ses mots sortirent comme du poison.

Reagan essaya de contrôler ses mains qui avaient commencé à trembler, et les cacha rapidement derrière son dos. « De quoi tu parles, enfin ? »

Aiden attrapa une mèche de ses cheveux et les amena à son nez pour les humer. « J'ai promis à M. Whithmore que tu passerais le week-end avec lui, et c'est exactement ce que tu vas faire. »

Reagan regarda son frère, sous le choc. « T'es sérieux ? Il a au moins quatre-vingts ans. Je suis pas une espèce de jouet que tu peux louer dès que tu penses que c'est nécessaire, putain. Je suis ta sœur, bordel ! » Elle fulminait lorsque les mots sortirent de sa bouche. Elle vit un éclair fugitif passer dans ses yeux bleu, deux gemmes malveillantes qui la regardaient de haut. Elle sut qu'elle venait de dépasser la limite avec ce défi. Mais bordel, elle en avait marre.

Sa main jaillit si vite qu'elle ne la vit même pas. Les doigts d'Aiden l'attrapèrent à la gorge et il la fit reculer contre le mur. De ses mains, elle essaya de le faire desserrer son étreinte, mais il avait bien plus de force qu'elle. La tête de Reagan frappa le mur avec un bruit sourd. Il la regarda une seconde seulement, avant que son autre main ne s'abatte violemment sur sa joue, lui faisant voir des étoiles.

« Les choses changent en ce moment, sœurette. » Il s'attarda sur le mot « sœurette » comme s'il n'y croyait pas. « Si je te demande de dandiner ton petit cul de salope pendant une réunion d'affaires, tu le fais. Si je te demande d'amuser un associé pour le week-end, tu le fais. » Il fit une pause et relâcha la prise sur son cou avant de relever son menton pour que leurs visages se touchent presque. « Reagan, ma petite, je t'aime. Tu es ma petite sœur. Je ne te ferais jamais de mal, mais tu sais que tout ça va être positif pour l'entreprise familiale. Notre entreprise, » reprit-il, avant de déposer un baiser sur ses lèvres. Aiden la relâcha enfin et commença à repartir pendant que Reagan essayait de reprendre le contrôle de son corps tremblotant. Il la regarda par-dessus son épaule, et dit, « Je vais annuler pour ce week-end. Lui dire que tu es malade, un truc comme ça. Tu t'en sors cette fois, sœurette, mais la prochaine fois, je m'attends à ce que tu sois entièrement coopérative. »

Reagan regarda la porte se refermer derrière lui, incrédule, puis se coula au sol en ramenant ses genoux à sa poitrine. Elle refusa de pleurer. Il ne gagnerait pas, bordel ! Elle toucha sa joue qui la brûlait maintenant, et se releva un moment après. Elle ferma sa valise et murmura le mantra, « Tu es forte. Tu peux le faire. Tu vas gagner. »

Reagan arriva au petit château un peu avant midi, ce samedi. Après s'être installée, elle se fit un chocolat chaud et regarda l'écran plat dans le salon en attendant que Lucas arrive. Il l'avait prévenue qu'il arriverait un peu en retard à cause du travail. Elle avait essayé sans relâche de cacher le bleu léger qui s'était formé sur sa joue droite avec du maquillage mais en vain, on pouvait encore le voir.

La porte d'entrée se ferma, et elle vit Lucas arriver sur elle à grandes enjambées sur le parquet et l'envelopper dans un câlin irrésistible. Il nicha son nez dans le creux de son cou et murmura, « Bordel, tu m'as manqué. Je n'aime pas te savoir loin de moi pendant la semaine, maintenant. » Il relâcha son étreinte pour la regarder. Elle essaya de forcer un sourire, mais se retrouva à pencher la tête en avant et à sentir les larmes s'accumuler dans ses yeux.

Lucas releva délicatement son menton avec son doigt et lui fit tourna la tête pour qu'il puisse voir sa joue. Elle le regarda dans les yeux et vit les deux tourbillons bleus de furie.

« Ça va, je vais bien, dit-elle d'une voix apaisante. C'était qu'un malentendu. »

Lucas se passa une main dans les cheveux et fit un pas en arrière. « Mon cul, que tout va bien. Je te jure que je tuerai ce petit con s'il lève une autre main sur toi ! » Reagan se précipita sur lui et l'attrapa par la taille, amenant son torse contre sa poitrine. « Ça sera bientôt fini. Il va avoir ce qu'il mérite, » dit-elle en se mettant sur la pointe des pieds pour atteindre sa bouche. Elle l'embrassa profondément, savourant sa chaleur avant de repartir. « J'ai besoin de toi, Lucas. J'ai besoin de toi, tout de suite. »

Lucas fronça les sourcils, la regarda, puis secoua la tête.

« - On a dit qu'on attendrait, Reagan.

- Je sais ce qu'on a dit, mais je peux pas attendre plus longtemps, » répondit-elle, suppliant presque.

Il prit son visage en coupe dans ses grandes mains.

« - Tu peux le faire, Reagan, et on y arrivera, assura-t-il d'un air solennel. Tu es sûre que tu vas bien ?

- Oui, ça va, répondit-elle en allant s'asseoir sur le canapé.

- Je vais prendre une douche rapidement, et puis on va pouvoir aller faire les boutiques comme promis. » Il sourit, et prit l'escalier qui montait à l'étage.

Reagan resta là, à regarder l'écran en face d'elle en se remémorant la dernière fois qu'ils s'étaient vus. C'était tellement intense que, rien que d'y penser, elle se sentait toute chose. Il l'avait embrassée et l'avait caressée à l'air libre et en plein jour, lorsqu'ils s'étaient assis pour profiter d'un pique-nique. N'importe qui aurait pu les voir. Elle se remémora le seul homme qui les avait remarqués et qui était resté assis là, à regarder Lucas l'amener jusqu'à l'orgasme. Elle n'avait pu s'empêcher de s'imaginer cet homme devenir dur en écoutant ses gémissements quand Lucas avait fait descendre sa bouche sur elle. Ces pensées l'excitaient, décuplaient les sensations qui la parcouraient.

Reagan n'aurait jamais pensé que se faire voir l'exciterait au point qu'elle puisse ouvertement profiter de se faire brouter en public, et aussi fort. Quand Lucas l'avait titillée sans merci, au point qu'elle l'avait supplié qu'il lèche sa chatte, elle avait été incapable de contrôler ses gémissements sonores bien qu'elle sache que cet homme les regardait et pouvait les entendre. L'orgasme qui s'ensuivit fut si intense qu'elle pensait avoir perdu conscience pendant quelques minutes, puisqu'elle était sur ses genoux quand elle était revenue à elle, et que Lucas baisait sa bouche comme un fou. Elle s'était rappelée la première fois qu'ils avaient fait des préliminaires. Ça avait été terrifiant. Son immense bite palpitante lui avait répétitivement coupé la respiration. Mais elle avait rapidement trouvé qu'elle aimait ça, au point d'en ressentir un manque. Avec Lucas, elle découvrait qu'une partie d'elle, sexuelle, était entrée en floraison, et qu'il nourrissait lentement ce bourgeon. Elle savourait ce goût viril et mâle qui émanait de lui, le pouvoir qu'elle sentait dans ses coups de reins.

Elle se secoua la tête pour se sortir de sa propre rêverie lorsqu'elle entendit Lucas redescendre l'escalier. Bon dieu, un peu de contrôle, ma fille.

CHAPITRE 12

Après trois heures de shopping, les pieds de Reagan lui faisaient mal. Lucas et elle étaient assis dans le patio d'un petit café pittoresque et coloré qui faisait aussi pâtisserie, qui affichait *Confiserie Beschle an der Aeshenvorstadt*. Elle n'avait aucune idée de comment prononcer le nom en entier, mais son expresso était parfait et les pâtisseries valaient vraiment le coup.

« Alors, tu as repensé à mon idée pour Aiden ? »

Lucas prit une gorgée de café avant de le reposer, et la regarda avec un air songeur. Elle savait qu'il y avait pensé, mais qu'il n'était toujours pas sûr. Il avait exprimé ses inquiétudes ; puisqu'Aiden était un fils de pute monumental, ça risquait de leur retomber dessus au final.

« - Est-ce que tu as pensé que ce sale malade va probablement trouver ça excitant ?

- Oui, soupira-t-elle. Surtout que c'est lui qui a proposé de m'offrir à toi. Il me vend comme une pute et c'est horrible, mais ira-t-il plus bas encore ? » Bien que ça la rende malade, elle devait être absolument sûre. Lucas avait un plan pour le laisser pratiquement sur la paille, et Reagan devait s'assurer qu'il le méritait vraiment.

« D'accord, » répondit Lucas avec un air triste. Reagan songea qu'il devait être déprimé parce que, jusque-là, ses intuitions sur Aiden s'étaient révélées exactes. Il était sûr qu'Aiden accepterait tout ce qu'il voudrait, tant qu'il y avait suffisamment d'argent dans la balance.

« - Occupe-toi des détails de ton plan, et je m'occupe de rédiger le contrat, reprit-il.

- Est-ce que ça t'ennuie ? Je veux dire, qu'on fasse notre première fois comme ça ? »

Il eut l'air plongé dans ses pensées en reprenant une gorgée de café. Puis, ses yeux trouvèrent ceux de Reagan. « Tu sais combien je te désire. J'ai tellement hâte d'être enfin en toi. Ça va être mon petit paradis personnel, j'en suis certain. Mais la manière dont tu veux t'y prendre... tu sais que si c'était juste toi et moi, on pourrait faire ça n'importe où et n'importe comment. Mais l'idée qu'il regarde... Ça me donne la nausée. »

Elle tendit les bras pour poser ses mains sur les siennes. « Je sais. Moi aussi, ça me rend malade. Mais il y a encore une chance pour que son cœur soit noir, mais qu'on puisse sauver son âme. Il y a une possibilité pour qu'il te dise non, et je ne pourrai pas être sûre tant qu'il n'aura pas pris de décision de toute manière. »

Lucas passa ses mains sur les siennes et les pressa doucement. Ses yeux d'un bleu intense plongèrent en elle, faisant montre d'une inquiétude évidente lorsqu'il parla. « Je ne pense pas qu'il y ait une seule chance que ça arrive. Je pense que c'est le diable incarné. Il n'y a pas de limite à ce qu'il ferait pour parvenir à ses fins, et il n'a aucun remord après coup. »

Reagan sentit un frisson parcourir son corps sous l'effet du ton de Lucas. Elle savait, en particulier grâce aux six derniers mois, qu'il avait probablement raison. Mais un soupçon d'espoir résidait encore en elle. Elle avait grandi en adulant Aiden. Comment un homme qui l'avait connue et supposément aimée depuis sa petite enfance pourrait-t-il ne serait-ce que considérer l'idée de la livrer à un homme qu'elle n'était pas censée connaître pour être son jouet et se faire violer ? Elle ne pouvait pas réussir à croire qu'il puisse être d'accord. En particulier, elle ne voulait pas considérer la possibilité qu'il puisse être excité de tout regarder. Mais elle pouvait le faire, dans un coin de son esprit, sans quoi elle n'aurait jamais pensé à élaborer un « test » pour lui. Elle n'était pas vraiment versée dans la religion, mais chaque nuit elle disait une prière pour que, d'une manière ou d'une autre, elle, Lucas et même sa mère aient tort. Elle pouvait vivre avec l'idée qu'il était cupide et qu'il ne savait pas gérer une entreprise... mais démoniaque, c'était une toute autre histoire.

Reagan se souvint qu'ils étaient censés être en vacances, et qu'elle perdait beaucoup trop d'énergie à penser à Aiden. Du bout du doigt, elle traça les lignes de la main de Lucas, et un petit sourire coquin lui vint aux lèvres. « Est-ce que-tu as parlé d'un jacuzzi sur notre balcon ? » chuchota-t-elle.

L'attitude de Lucas changea radicalement. Il lui sourit largement. « Effectivement. »

―――

Une heure plus tard, Reagan sortit sur le balcon clôturé, habillée d'un maillot de bain crocheté blanc de marque. Les petits triangles blancs couvraient ses seins et le contour léger de ses tétons pouvaient se voir à travers le tissu fin. Le bas du maillot en V était haut et accentuait les courbes de ses hanches et mettait en valeur ses douces cuisses. Lucas était au bar pour leur servir un verre, et lorsqu'il se retourna pour la voir, il manqua de laisser tomber les verres qu'il avait en main.

« - Mon dieu, un de ces jours, femme, tu vas me faire faire une crise cardiaque.

- Tu aimes le nouveau maillot ? demanda Reagan en riant.
- Oh que oui, répondit-il en déglutissant.
- Merci, fit-elle avec un sourire. J'aime bien le tien, aussi. »

Lucas portait un short de bain bleu et il avait retiré son tee-shirt avant que Reagan ne sorte. Il aimait faire du sport. Il ne le faisait pas tant que pour le corps rigide que ça lui donnait que pour la paix intérieure qui en découlait. Le corps était un bonus néanmoins, quand ça permettait à une femme sexy de dix-neuf ans de le regarder comme si elle voulait le dévorer. Lucas lui tendit l'eau gazeuse avec du citron qu'elle lui avait demandé et lui demanda, « Prête ? »

Elle prit une gorgée de son verre et lui sourit, « Oui. »

Lucas plaça sa main libre dans le creux de son dos nu tandis qu'elle montait sur la plateforme du jacuzzi. Il utilisa sa main pour la guider sur la première marche puis, quand elle fut dans l'eau, il la rejoignit. Reagan s'assit sur le banc qui courait le long du bassin chauffé et Lucas se mit à côté d'elle. L'eau chaude et les bulles étaient fantastiques, et le doux arôme de lavande emplissait ses sens tandis que Reagan se blottissait contre lui. Il passa son bras autour d'elle et, pendant une minute, ils se détendirent et profitèrent de la présence de l'autre en oubliant l'existence du monde entier.

Lorsque Lucas finit son verre, il le posa sur le rebord du jacuzzi. Reagan se dégagea de son bras et se leva pour poser le sien. C'était un geste innocent, mais il fit se dresser une tente presque instantanément dans le short de Lucas. Son maillot n'était pas transparent, mais ses tétons s'étaient dressés à cause du froid et étaient tellement visibles qu'il pouvait même voir les petites bosses de ses aréoles. Il se lécha les lèvres et songea à les prendre dans sa bouche. Puis ses yeux plongèrent dans le V de ses longues jambes sexy.

Le maillot, une fois mouillé, avait moulé l'intérieur de ses cuisses et révélait presque l'intégralité de sa chatte douce et épilée. Elle finit de poser son verre et replongea dans l'eau. Lucas passa son bras autour d'elle et l'amena à lui avant d'écraser sa bouche sur la sienne en un long baiser passionné. Ses tétons durs étaient pressés contre lui et il resserra son étreinte sur elle tandis que leurs langues exploraient leurs bouches, et il adora la sensation qu'ils offraient à travers le tissu souple contre sa peau nue.

Pendant qu'ils s'embrassaient, il laissa ses doigts trouver la ficelle qui était attachée autour de son cou et la tira. Il l'entendit reprendre son souffle quand il trouva l'autre et la détacha aussi. Il saisit ensuite le petit bout de tissu et le jeta sur la plateforme. Il rompit leur baiser et la regarda dans les yeux en commençant à caresser un de ses tétons tandis qu'elle essayait de reprendre son souffle.

Elle frissonna lorsqu'il fit passer le bout de ses doigts sur les côtés de ses seins et qu'il tira sur les boutons tendus. Lorsqu'elle sentit sa bouche se poser sur les pics érigés, elle se laissa aller en arrière en gémissant.

La bouche de Lucas passa sur ses seins en envoyant des stries de feu à travers ses veines.

Il prit son temps, embrassant chaque centimètre carré de son corps, lentement, presque trop, la rendant folle à chaque coup de sa langue.

Elle essaya de le toucher. Reagan désirait ardemment sentir sa bite palpitante entre ses mains. Elle voulait le prendre tout entier et avaler sa satisfaction jaillissante profondément dans sa gorge, mais il ne la laisserait pas faire. Quand elle essayait de le toucher, il reculait. Quand elle lui demandait de la laisser le sucer, il refusait. Il lui donnait tout ce qu'il avait, en utilisant son corps et de doux murmures, mais ne prenait rien en retour.

« Appuie-toi contre mes bras. » Sa voix était grave et chargée d'autorité, et elle fit exactement ce qu'il demandait. Il avait une main contre le haut de son dos et l'autre sous son cul, et en profita pour presser ces fesses incroyablement sexy. Il la tint là quelques secondes, simplement pour profiter de la vue de son fantastique corps. Il observa ses seins pleins, ses grands tétons rouge sombre, son ventre plat et le peu de tissu de son bas qui s'était décalé sur sa peau, de sorte qu'une de ses lèvres mouillée et gonflée était visible. Elle laissa échappé un petit cri surpris quand il la souleva hors de l'eau et la déposa sur la plateforme.

Au moment où il écarta négligemment ses jambes elle se tordait sous lui, haletante de désir. Il se baissa jusqu'à ce que son visage se trouve entre ses cuisses.

« Oh mon dieu, Lucas. Oui... »

Il déposa sa bouche entière sur le petit monticule et la lécha. Le corps de Reagan trembla lorsqu'il suçota la peau de l'intérieur de ses cuisses, douce comme celle d'un bébé, et chatouilla ses lèvres avec le bout glissant de sa langue. Son excitation sortait de sa chatte et tombait sur ses fesses. Lucas faisait de doux bruits tandis qu'il léchait ses fluides, les buvait, s'y noyait.

« J'adore ton goût, Reagan. Je veux te lécher pendant des heures. »

Le corps entier de la jeune femme vibrait de désir tandis qu'il la titillait, l'embrassant partout sauf là où elle voulait désespérément que soit sa bouche. Elle décala ses hanches d'un côté, de l'autre, à la recherche de ce contact dont elle avait désespérément besoin. Elle était tellement excitée et fiévreuse que, lorsqu'il fit enfin passer sa langue à l'intérieur de ses lèvres mouillées et qu'il toucha son clitoris, elle éclata. Il resta avec elle jusqu'à ce que l'orgasme se dissipe, laissant sa langue à plat contre elle. Il grogna contre sa chair ardente et compressa ses cuisses avec ses mains. Lorsqu'elle redescendit, il la ramena à un paroxysme, encore. Et encore. Encore et encore, il la fit jouir jusqu'à ce qu'elle n'en puisse plus et qu'elle le supplie d'arrêter.

Il releva la tête, lui sourit. Les nuages orageux de ses yeux avaient disparu. La tension qui se cachait toujours dans les plis et les creux de son visage s'était dissipée. Ne restait qu'une sorte d'essence calme, comme une distillation de Lucas. C'était comme si elle pouvait enfin percer la brume et ne le voir que lui.

Lucas sortit du jacuzzi et prit son corps mou dans les bras, et Reagan soupira, épuisée et tremblante. On ne pouvait pas s'y tromper – Lucas l'aimait. Ses sentiments ne pouvaient pas être plus clairs. Quand il la touchait, ses doigts lançaient des sarments d'émotions le long de sa peau. Ses préliminaires tendres et altruistes nourrissaient ces sarments jusqu'à ce que son amour soit tissé dans le corps de la jeune femme, autour de son cœur et même à l'intérieur. Elle le sentait à chaque respiration, chaque pulsation. Et ça semblait apaiser le dégoût, la honte et la culpabilité qui avaient pris racine en elle. Cet homme l'aimait.

Elle se sentit en paix lorsqu'elle ferma les yeux et laissa le néant l'engloutir.

CHAPITRE 13

Lorsque Lucas et Reagan étaient rentrés de Suisse, elle avait trouvé que chaque nouvelle tâche que Aiden lui « confiait » était de plus en plus difficile et de mauvais goût. Heureusement, il ne lui avait pas demandé de passer du temps seule avec d'autres clients… pour le moment. Mais elle avait remarqué que quelque chose avait changé dans la manière dont il la regardait. C'était comme s'il avait soudainement remarqué que les petits fours étaient suffisants pour amener ses associés en affaires jusqu'à lui… mais pas pour les garder attentifs sur des périodes de temps prolongées. Reagan le remarquait parfois la regarder, et pouvait presque voir les rouages tourner dans sa tête. L'idée que son propre frère puisse la vendre à quelqu'un était suffisante pour retourner son estomac. Si elle n'avait pas pu profiter de quelques instants volés avec Lucas, elle aurait perdu la tête.

Chaque instant qu'elle avait entre ceux où Aiden la scrutait du regard ou la faisait entrer lors d'une réunion pour donner quelque chose à reluquer à de vieux riches, elle le passait à comploter et à préparer son plan. Lorsqu'elle avait présenté à Lucas l'idée qu'il demande à son demi-frère de l'acheter pour vingt-quatre heures, il avait vu rouge. Il avait absolument et catégoriquement refusé de le faire. Mais chaque fois qu'ils parlaient de ce qu'Aiden attendait d'elle et de la manière dont chaque tâche s'orientait progressivement vers une prostitution flagrante, Lucas se faisait un peu plus à l'idée.

Lucas lui avait ouvert les yeux sur le fait qu'elle aimait être dominée, et autant que l'idée qu'Aiden puisse la donner à un supposé inconnu pour qu'il la viole et prenne sa virginité la dégoûtait et la terrifiait… autant l'idée de faire de tout cela un jeu de rôle avec Lucas l'excitait. Parfois, étendue dans son lit le soir, elle utilisait ses doigts en y pensant pour arriver jusqu'à l'orgasme – ou elle en parlait à Lucas au téléphone le soir, et ils songeaient à tous les détails, passant soudain du plan de la défaite d'Aiden à du sexe torride par téléphone interposé.

C'était sexy et Reagan adorait ça, et elle trouvait que la patience dont ils avaient tous deux fait preuve jusque-là se raréfiait de jour en jour. Elle voulait vraiment être avec Lucas, et le voir où elle voulait. Elle détestait devoir se cacher, détestait le fait qu'Aiden contrôle chaque partie de sa vie.

C'était un mardi soir, après qu'Aiden ait chorégraphié une interruption « accidentelle » à une réunion au bureau entre lui, Lucas et le père de Lucas, Rex. Lucas l'avait appelée et avait dit, « Je vais rencontrer Aiden à la maison, demain midi. Papa et moi nous sommes enfin accordés avec lui, mais je lui ai dit que je voulais le voir en privé pour discuter de ce « bonus » dont on a parlé, lui et moi. »

Reagan était terriblement déprimée quand elle songeait à l'entreprise familiale. Son beau-père en avait été tellement fier, et avec raison. Il l'avait bâtie à partir de rien, avec l'intention que ses enfants et ses petits-enfants puissent en tirer profit pendant des décennies. Par enfants, il comprenait également Reagan, et ça lui avait réchauffé le cœur de le savoir. Mais si l'entreprise devait être vendue, elle était heureuse que Lucas et son père soient leurs partenaires. Ils étaient tous deux brillants et avaient bon cœur, et elle savait qu'ils l'aideraient à la redresser pour la faire atteindre de nouveaux records.

Reagan soupira en songeant que c'était presque fini. Elle saurait bientôt si Aiden était le Diable incarné, ou bien le frère qu'elle avait toujours aimé. Peut-être qu'il s'était juste emballé, et qu'il s'était laissé emporter. Ce que Lucas allait lui proposer causerait l'explosion de la tête de la plupart des frères. Ça pourrait même lancer un frère « normal » dans une rage meurtrière. Reagan n'était pas inquiète pour Lucas, dans le cas improbable où ça se passerait. Elle savait qu'il était plus que capable de prendre soin de lui. Elle priait seulement pour qu'Aiden prenne cette direction, et pas l'autre.

Le mercredi matin, lorsqu'elle descendit de sa chambre pour prendre le petit-déjeuner, elle trouva Aiden assis à table, sirotant un café tout en lisant le journal. Il leva les yeux sur elle lorsqu'elle entra dans la pièce et sourit... puis ses yeux parcoururent son corps, lentement, comme s'il l'imaginait sans le jean et le chemisier qu'elle portait. Reagan lui tourna le dos pour se servir du café, mais ne put réprimer le frisson qui parcourut son dos. Elle avait déjà vu Aiden la regarder une ou deux fois comme ça auparavant, mais elle s'était convaincue qu'il pensait à autre chose à ce moment là et qu'elle se trouvait simplement dans son champ de vision. L'idée même qu'il puisse songer à la toucher ou à lui faire des choses lui donnait envie de vomir. *Qui est cet homme, et comment a-t-il pu cacher ses véritables couleurs aussi longtemps ?*

Lorsqu'elle eut fini de se servir son café, elle s'était

suffisamment reprise pour aller jusqu'à la table et s'asseoir en face de son frère, un sourire aux lèvres.

« - Bonjour, fit-elle regarda par la grande fenêtre à côté de la table. Ça s'annonce une belle journée pour sortir.

- Oui, en effet, » répondit Aiden avec un sourire, avant de passer sa langue sur sa lèvre inférieure. Reagan manqua de retrousser les siennes de dégoût, mais se retint et maintint son sourire. Il reprit, « Pourquoi tu ne passerais pas un peu de temps dans les jardins pour en profiter ? »

Elle prit une gorgée de café et essaya d'avoir l'air surprise lorsqu'elle posa sa question.

« - Tu n'as pas besoin de moi au bureau, aujourd'hui ?

- Je ne vais pas au bureau aujourd'hui. »

Reagan vit que son costume professionnel, sa cravate et la petite mallette qu'il portait toujours au travail étaient posés sur le comptoir à côté de la table.

« - Oh, tu prends un jour de congé ?

- Non, et toi non plus d'ailleurs. Je veux que tu restes hors de vue à moins que je t'appelle, mais ne va pas trop loin au cas-où j'aurais besoin de toi. Je vais de nouveau rencontrer Lucas Ferris, et cette fois c'est juste lui et moi. Il a demandé à me voir en privé, et j'ai l'impression qu'il va me faire une offre que je ne pourrais pas refuser.

- Oh, c'est formidable. C'est une offre pour quoi ? »

Aiden lui lança un regard de dédain. « C'est trop compliqué pour toi, tu ne comprendrais jamais le jargon des affaires. »

Reagan manqua de rouler des yeux. L'année passée, Lucas lui avait donné des leçons sur les affaires et la manière dont il fallait lire et comprendre les contrats. Il ne voulait plus jamais qu'on la trompe avec ça comme Aiden l'avait trompée avec le testament de son père. Et puis, si leur plan finissait comme Lucas le prévoyait et comme Reagan espérait qu'il ne le fasse pas, elle serait la seule personne juridiquement en charge des affaires de l'entreprise familiale.

« D'accord, acquiesça-t-elle avec ce qu'elle espérait être un sourire doux et ignorant. Ça va être agréable de passer un peu de temps au soleil, aujourd'hui. »

Après le petit déjeuner, Reagan avait enfilé un short et un tee-shirt et était allée aux jardins de roses derrière la propriété, armée de son iPod, d'un grand chapeau à bords tombants et d'une paire de gants. Elle passa par la cabane à côté et en tira une boîte d'outils de jardinier, qu'elle prit sur ce chemin qui la mènerait au milieu de ce qui lui avait toujours évoqué un conte de fée à cause de la manière dont les buissons aux roses multicolores s'entrelaçaient le long des pavés. Elle passa peut-être la première heure à tailler et à entretenir les roses et, au moment où elle prenait sa première pause pour boire, elle réalisa qu'elle entendait des voix d'hommes. Elle regarda en direction de la résidence et remarqua que les portes coulissantes en verre entre la véranda et le salon principal étaient ouvertes. C'était Lucas, et rien que la vue de son ombre lui mit l'eau à la bouche. Il avait dû demander à Aiden d'ouvrir ou le faire lui même pour que Reagan puisse entendre ce qui se disait. Bien qu'elle ne put entendre les mots depuis sa position, le ton des voix lui faisait comprendre qu'ils avaient une sorte de désaccord. Elle se demandait si Lucas lui avait révélé le plan et que la voix d'Aiden était aiguë et forte parce que ça le dégoûtait. Elle espérait que ça soit le cas.

Elle laissa ses affaires où elles étaient et revint vers la maison, silencieusement. Elle s'arrêta net lorsque le téléphone qu'Aiden lui faisait toujours porter au cas où il avait besoin vibra. Elle baissa les yeux et vit qu'il lui avait envoyé un message. « Va à l'entrée et mets ton bikini blanc… vite. Puis passe dans le grand salon en allant à la piscine. Ne mets rien par-dessus le maillot. »

Elle fit la moue. Elle n'avait pas l'impression qu'Aiden refusait catégoriquement ce que proposait Lucas. On aurait plutôt dit qu'il l'encourageait. Elle retira son chapeau et ses gants et les laissa sur le rebord de la véranda, avant de revenir dans la maison en passant par la porte de devant. Le garde du corps de Lucas, Frankie, se tenait devant la porte. Il lui adressa un clin d'œil quand elle passa, et elle lui sourit en retour. Frankie était la seule âme au monde, sans compter Lucas ni elle, à savoir qu'ils étaient ensemble depuis un an et ce qu'ils avaient prévu pour aujourd'hui.

Elle monta à l'étage et enfila rapidement le minuscule maillot de bain, puis attrapa une serviette blanche épaisse. Elle descendit l'escalier et, dès qu'elle fut à proximité du salon, elle entendit la voix de son frère. « Est-ce que je t'ai dit que ses seins sont... » Putain, quoi ? Elle entra dans le salon, et Lucas et Aiden arrêtèrent de parler. Aiden lui souriait avec un sourire concupiscent qui lui donna la chair de poule. Elle se força à lui sourire en retour, puis elle regarda Lucas. Lui aussi souriait, mais ses yeux faisaient de leur mieux pour réchauffer le froid qui venait de parcourir les veines de Reagan en entendant son frère parler de ses seins.

Elle sourit chaudement à Lucas et se dépêcha de passer devant eux, en essayant de dissimuler la colère qui coulait dans ses veines. Elle passa par la porte de la véranda où elle se trouvait encore il y a peu, et ferma la vitre derrière. Elle marcha en direction de la piscine et s'arrêta aussitôt qu'elle ne fut plus visible depuis la maison. C'est alors qu'elle entendit Aiden rire et dire, « Trois, pas moins. »

Reagan songea qu'elle n'avait jamais entendu quelque chose de plus ignoble que le son de son frère en train de mettre un prix sur sa dignité. Ce sale bâtard cupide voulait vraiment conclure le contrat.

Elle entendit Lucas répliquer, « Un million. C'est ma dernière offre. »

Puis Aiden ajouta quelque chose comme « D'accord, mais quelques conditions dans ce cas... », et Reagan commença à s'éloigner, vite. Elle parvint à grand peine à atteindre la cabane à côté de la piscine avant de fermer la porte derrière elle et de se laisser tomber sur un des transats, sous le choc. Elle se demanda si c'était étrange qu'elle n'ait pas envie de pleurer, maintenant qu'elle l'avait entendu de la bouche de son frère, et de ses propres oreilles. Elle se sentit juste paralysée au début, puis, après quelques minutes, c'était comme si un feu avait couvé en elle et que, soudainement, il s'était embrasé sans prévenir et la consumait. Elle n'allait pas pleurer. Elle allait utiliser ce feu et la force que ses sentiments pour Lucas lui donnaient et elle allait ruiner ce sale fils de pute.

CHAPITRE 14

De nos jours

Les yeux d'Aiden passèrent de la télévision à la femme sexy mais effrayante qui se tenait à quelques pas de lui. Une fois de plus, il lutta contre les menottes qui liaient ses mains dans son dos, mais en vain. Ses yeux étaient deux tourbillons d'émeraude sombre lorsqu'il regarda Reagan et grogna, « Arrête-moi ce cirque. Tu sais que tu n'aurais rien sans moi. »

Sa demi-sœur, une main sur la hanche, lui demanda, « Rien ? Vraiment ? Tu ne voulais pas plutôt dire que j'aurais eu la moitié de ce que mon beau-père a voué sa vie à développer, si tu n'étais pas là ? Tu es un sale fils de pute cupide mais tu sais quoi, Aiden ? J'aurais pu supporter de savoir ça. Par contre, je ne peux pas vivre en sachant que tu es aussi un bâtard tordu et vicieux. Et le pire, c'est que j'ai été ton avocate la plus fervente pendant longtemps. »

Il commença à ouvrir la bouche mais Lucas cria, « Ta gueule, et écoute ! »

Avec un air presque vaincu, Aiden referma la bouche et reporta son attention sur l'écran devant lui. Lucas appuya sur un bouton de la télécommande, et une image du bureau où leur père avait l'habitude de prendre ses appels apparut. Au début, tout était calme, et on ne pouvait voir que le bureau en chêne antique que le père d'Aiden avait importé d'Italie des décennies auparavant et les étagères de livres derrière. Puis on entendit une porte s'ouvrir, se fermer, quelqu'un mettre le verrou.

Soudainement, on vit Aiden se diriger vers la grande chaise en cuir derrière le bureau. Il s'assit et, avec un air sur le visage qui donna envie à Reagan de vomir, il saisit une télécommande et appuya sur un bouton. On ne pouvait pas voir ce qu'il regardait, mais on en entendait chaque mot. Reagan put s'entendre crier le nom de son frère, le suppliant de l'aider. Elle pouvait entendre la voix douce de Lucas lui répondre que son frère avait accepté tout ça… et qu'il avait même aidé à son bon déroulement. Elle sentit sa respiration devenir sifflante en regardant l'air qu'arborait Aiden sur la vidéo. Elle l'avait vue une fois avant, mais ça n'en était pas moins révulsant à regarder maintenant.

« Éteignez-ça ! » cria Aiden comme s'il était en position de demander quoi que ce soit.

« La ferme ! » gronda Lucas. Il tendit le bras vers Reagan, qui fusionna instantanément avec lui. Il maintint son visage contre son torse tandis qu'Aiden regardait sa propre condamnation arriver sur l'écran. Elle se demanda s'il avait vraiment honte. Elle en doutait. Il était juste énervé parce qu'on l'avait attrapé.

Lorsqu'il essaya de nouveau de détourner le regard, Reagan adressa un petit hochement de tête à la dominatrice qu'elle avait choisie elle même, sélectionnée parmi presque cent candidats. Lasinda fit tomber son imperméable là où elle était. En-dessous, elle portait une combinaison noire en résille, un corset noir qui plongeait entre ses jambes et des gants noirs... et ces chaussures sexy à lanières à talons de quinze centimètres. Son corps était voluptueux et sa peau, impeccable. Elle marcha avec une grâce féline jusqu'à Aiden et saisit sa tête entre ses mains pour le forcer à regarder l'écran.

« Bordel de... C'est qui, cette pute ? » Ses yeux étaient comme ceux d'un animal en cage.

Reagan vit l'un des longs ongles rouges pointus de Lasinda s'enfoncer dans la joue de son frère. Du sang aussi rouge que ses ongles suinta de l'endroit ponctionné, et Aiden hurla.

« - Salope ! Tarée ! Qu'est-ce que vous foutez ?

- Je m'appelle Maîtresse Lasinda, et c'est ainsi que tu t'adresseras à moi, ou pas du tout.

- Je t'emmerde ! »

Elle laissa un autre de ses ongles percer la peau de l'homme, et Aiden cria. Lucas mit l'enregistrement en pause tandis qu'Aiden jurait et criait et se débattait en essayant de fuir. Lorsqu'il fut enfin épuisé en une soumission au moins temporaire, Lucas redémarra le film et l'écran fut remplit de l'image répugnante du frère de Reagan qui défaisait son pantalon pour en sortir sa bite palpitante et dure. Il avait un sourire vicieux sur le visage en regardant ce qu'il pensait être le viol de sa petite sœur. Il manipulait lentement sa bite dans sa main, s'excitant un peu plus à chaque fois qu'il entendait Reagan lui crier de l'aider.

Lucas la tint plus fort contre lui, et c'était bien la seule chose qui l'empêcha de prendre un coupe-papier du bureau et de le planter dans l'un des yeux d'Aiden jusqu'à son cerveau.

Ils le forcèrent à regarder l'intégralité de la vidéo et, une fois que Lucas eut éteint l'écran, Maîtresse Lasinda relâcha le visage d'Aiden, qui se tourna lentement vers sa sœur. Des larmes coulaient le long de ses joues et se mêlaient au sang des blessures que la Maîtresse lui avait infligées. Reagan ne fut pas dupée par le fait qu'elles puissent être de regret. Ces larmes ne coulaient que pour lui et pour ce qu'il allait perdre parce que c'était un sac à merde répugnant.

« - Maîtresse Lasinda va s'amuser un peu avec toi, maintenant, et elle fronça durement les sourcils lorsqu'elle lui cracha les mots suivants. Ça sera beaucoup plus simple pour toi si tu ne résistes pas. »

- Reagan, ne fais pas ça. C'est de la folie. Tu sais que je t'aime. Je suis ton frère... S'il te plaît... »

Reagan ne put plus se retenir. Elle marcha vers son frère et tendit son bras en arrière avant de le laisser retomber et de le frapper si durement en travers du visage que sa tête volta en arrière. « Ne t'avise plus jamais de t'appeler mon frère de ta vie. Après aujourd'hui, tu ne seras plus qu'un putain de souvenir pour moi, que j'essayerai d'oublier tous les jours de ma vie. » Elle regarda Lasinda et ajouta, « Faites-le supplier. » Une seconde plus tard, elle sortit à toute vitesse de la pièce, mais attendit à la porte que Lucas la rejoigne. Elle l'entendit se diriger vers Aiden et lui parler.

« - Tu as signé pour la vente de ta compagnie, et tous les bénéfices vont à ta sœur – ce qui inclut le bonus du million de dollars. Alors, une fois qu'on aura fini notre petit jeu ici, elle et moi, on partira et tu vas pouvoir commencer à te trouver un moyen de gagner ta vie après aujourd'hui.

- Mais de quoi tu parles, putain ?

- Le contrat... Celui qui me donnait vingt-quatre heures pour faire ce que je voulais de Reagan. Tu m'as dit que tu l'avais lu, ajouta-t-il d'une voix faussement choquée. Ne me dis pas qu'un homme d'affaires aussi avisé que toi a signé quelque chose sans le lire.

- Petit con ! Ça ne tiendra pas, devant le tribunal. Vous ne vous en tirerez pas comme ça.

- Oh, je pense que si. Mais tu sais quoi, amène donc ça au tribunal. Ça sera amusant de dire au juge que Reagan et moi étions ensemble depuis un an sans que tu le saches, et que tu songeais à vendre ta sœur à un homme qui voulait la ravager et la violer avant de repartir. Oh, et de lui montrer l'enregistrement de ton sourire dégueulasse pendant que tu te branles en regardant le tout, ça m'a l'air drôle aussi. On se voit au tribunal, alors. »

Lucas marcha pour rejoindre Reagan, et Aiden se mit à crier à pleins poumons. Il avait l'air d'un malade, tout du moins jusqu'à ce que Maîtresse Lasinda ne lui mette un bâillon-boule dans la bouche et coupe le son. Ils ne purent entendre que des sanglots et des gémissements lorsque la porte se referma derrière eux. Aussitôt qu'elle fut fermée, Lucas passa son bras autour de Reagan et demanda, « Alors, tu es sûre que tu ne veux pas voir ça ? »

Elle secoua la tête, et il eut l'air soulagé. « Non. Je pensais que je voudrais le voir, dit-elle. Je pensais que je voulais être presque aussi malade que mon frère pour lui faire payer tout ce qu'il m'a fait. Mais la vérité est que, même si je sais qu'il mérite amplement tout ce qu'elle va lui faire déguster, je ne suis pas assez malade pour penser que voir ça m'aidera à me venger. »

Lucas lui déposa un bisou sur le front et répondit, « Tu n'es pas malade du tout. C'est lui, le malade. Viens, on part d'ici. »

Aiden essayait encore de comprendre ce qu'il venait de se passer lorsque Frankie, le garde du corps de Lucas, arriva dans la pièce. La femme en noir lui murmura quelque chose et c'est avec un sourire sadique qu'il s'approcha et enleva les menottes qui maintenaient Aiden assis. Pendant une seconde, Aiden soupira de soulagement, songeant qu'on allait le laisser partir.

« Amène-le dans la cave à vins. »

Aiden fut soudainement attrapé par le bras, violemment, et on le mena en dehors de la pièce. Lorsqu'il comprit ce qui arrivait, il essaya de se débattre mais Frankie était trop fort. Il le tenait fermement et le traîna de force jusqu'à la cuisine, où l'escalier qui permettrait d'accéder à la cave à vins était déjà ouvert. Puis, il le poussa quasiment dans les marches sans aucune lumière. Une fois qu'ils furent en bas, la lumière s'alluma et inonda la pièce. Aiden avait connu ce chalet toute sa vie, mais il ne reconnaissait pas la pièce qu'il voyait devant lui.

« - Sens-toi libre de crier, chuchota la femme. Personne ne peut t'entendre.

- C'est de la putain de folie... »

Frankie lui assena une tape sur le côté de la tête et gronda, « Boucle-la, et écoute. »

La pièce retomba dans le silence, hormis le son des talons de la femme qui cliquetaient contre le parquet poli. Les murs étaient faits avec des panneaux de bois sombre, et les rangées de vins avaient été enlevées. La pièce était désormais remplie d'appareils étranges, certains ressemblaient à des instruments de torture et le long d'un mur pendaient des cannes, des fouets, et des cravaches. Aiden pensait bien connaître le domaine de la pornographie, alors il comprenait ce que c'était... mais s'il avait été dans une scène BDSM, ça aurait été lui le dominant.

Il n'allait pas encaisser tout ça sans broncher.

Frankie le souleva quasiment pour l'amener jusqu'à un grand canapé contre le mur opposé, et le jeta dessus. Aiden se releva et essaya de s'enfuir. Frankie le rattrapa en bas des escaliers et le força à revenir vers le canapé. La femme était maintenant assise dessus, les jambes croisées. Frankie faisait une clef de bras à Aiden, et ce dernier pouvait sentir la sueur couler sur le côté de son visage.

C'était de la putain de folie.

Vraiment de la putain de folie.

Il ne pouvait pas croire que Reagan ait eu un rôle à jouer là-dedans. Est-ce qu'il l'avait jamais vraiment connue ? Il supposait que c'était ironique, étant donné qu'elle même n'avait découvert la vraie nature de son demi-frère que récemment. Mais ça n'enlevait rien à la folie furieuse de la situation. Il réalisa soudainement que Frankie ne le laisserait jamais partir d'ici, et qu'il était à la merci de cette femme qui avait l'air presque extatique à l'idée de lui faire mal. Il avala la boule qu'il avait dans la gorge et essaya de se concentrer sur ce qu'il allait faire à Reagan lorsqu'il sortirait d'ici et lui mettrait la main dessus.

CHAPITRE 15

Frankie tenait fermement Aiden, et la femme sur le canapé prit la parole.

« - Dans cette pièce, tu ne t'adresseras à moi qu'en tant que maîtresse. Tu n'oseras pas ouvrir la bouche, à moins qu'on te demande de parler. Tu obéiras immédiatement, sans y penser à deux fois. Tu as bien compris ?

- Je peux vous payer le double de ce qu'ils vous payent... »

Frankie tordit un peu plus et il couina de douleur. La femme reprit la parole.

« - Tu rends ça bien plus difficile pour toi que ça ne doit l'être. Je te donne une dernière chance. Est-ce que tu as compris tes instructions, oui ou non ?

- Oui. »

Elle soupira, se leva et se rendit jusqu'au mur où elle choisit ce qui ressemblait à une cravache qu'un jockey aurait pu utiliser sur un cheval. Le corps d'Aiden se tendit légèrement lorsqu'elle se rapprocha de lui, mais même la pensée qu'elle puisse l'utiliser sur lui n'était rien comparée au choc de la douleur qu'il ressentit lorsque la cravache entra en contact avec son ventre. C'était comme de sentir un couteau brûlant transpercer sa peau. Il cria et commença à sangloter. Elle se tint devant lui, dans une attente manifeste. Lorsqu'il continua à pleurer, à ramper et à supplier, elle leva de nouveau la cravache.

« - Désolé ! cria-t-il.

- De quoi ?

- De n'avoir pas obéi, reprit-il avec le souffle coupé. Désolé, Maîtresse. S'il vous plaît, ne me frappez plus avec ça. »

Elle eut l'air de jouer avec cette idée dans sa tête, puis elle murmura.

« - Puisque tu apprends tout juste, je vais laisser passer pour cette fois.

- Merci, fit-il avant de voir qu'elle avait levé un sourcil et d'ajouter, Maîtresse.

- Bien. Maintenant, enlève tes vêtements, et plie les proprement. N'essaye pas de t'enfuir, parce que Frankie te rattrapera et que je te le ferai regretter. C'est compris ?

- Oui Maîtresse. »

Frankie relâcha sa prise et, tandis qu'Aiden luttait contre la douleur et essayait encore de trouver un moyen de s'échapper, il enleva ses vêtements un par un et les plia.

Lorsqu'il eut fini, elle reprit.

« - Dans le coin là bas, à côté des fouets, il y a des menottes pour les poignets et les chevilles. Mets-les, puis rapporte-moi le collier.

- Putain. »

Le mot avait passé ses lèvres avant qu'il ne le remarque. Elle était juste derrière lui et le coup de cravache fut si rapide qu'il ne le sentit même pas partir. Il cria et se rendit dans le coin qu'elle lui avait indiqué. Tremblant, pleurant et respirant lourdement, il se mit à chercher les menottes dans le tas d'affaires. Lorsqu'il les passa, il eut une vision du moment où Lucas attachait Reagan au lit, et de lui en train de tenir sa bite palpitante dans ses mains en regardant. Même alors qu'il essayait d'éprouver de la sympathie pour quelqu'un qui n'était pas là, sa bite jaillit en se rappelant de la voir ainsi humiliée. Au moins, il était content que la dominatrice ne puisse pas lire dans ses pensées.

Il revint vers elle, le collier en main, et elle fit claquer la cravache contre le sol en sifflant, « À genoux, salope. »

Les membres tremblants, Aiden se mit à quatre pattes sur le sol froid et rampa jusqu'à elle. Lorsqu'il arriva, il se redressa et lui tendit le collier en cuir souple avec des piques sur l'extérieur.

Elle se pencha et lui fit une caresse sur les cheveux comme s'il était un chien, puis saisit le collier et lui passa autour du cou… presque trop serré. Elle tendit la main et Frankie y déposa une longue laisse en cuir. Elle l'attacha au collier. Puis, elle marcha vers une autre porte qu'Aiden savait être une petite salle d'eau. Elle tira sur la laisse reliée au collier de son cou et il fut forcé de ramper à sa suite ou de suffoquer. Il rampa comme un chien et quand elle ouvrit la porte et alluma la lumière, il put se voir dans le miroir en pied. Il n'avait jamais été aussi humilié de sa vie… tout du moins, c'est ce qu'il pensait. Il entendit un son à sa droite et vit Frankie, qui filmait tout ce qui se passait.

« Bordel, vous allez faire quoi de cette vidéo ? »

Au lieu de répondre, Frankie regarda la maîtresse.

« - Tu as une bouche bien vilaine, mon joli, sourit-elle. Il va falloir qu'on fasse quelque chose pour te corriger. Mais, on y viendra. Tu te souviens que je t'avais dit que tu ne pouvais pas parler sans ma permission. C'est compris ?

- Oui Maîtresse, » fit-il avec un air de défaite dans la voix. Il aurait voulu que Reagan reste. Il pensait qu'il pourrait s'excuser auprès d'elle, et qu'elle arrêterait tout ça. Mais si elle n'était même pas là… qui sait jusqu'où cette pute psychopathe irait ?

« - Tu aimes te voir avec une laisse et sur tes genoux, comme le chien que tu es ? demanda-t-elle en arquant un sourcil.

- Oui Maîtresse, mentit-il.

- Bien, parce que si tu te comportes comme un animal, il est normal que tu sois traité comme tel. Tu as vendu ta propre sœur au plus offrant. C'est la chose la plus dégueulasse que j'ai jamais entendue, et j'en ai entendu beaucoup. Tu vas devoir être puni pour ça. Tu comprends que c'est pour ton propre bien, pas vrai, mon joli ?

- Oui Maîtresse, répondit-il d'une voix tremblotante.

- Bien. »

Elle prit la laisse et le conduisit jusqu'à ce qui ressemblait à une croix de bois. « Mets ton ventre contre le bois et écarte les bras. » Aiden fit ce qu'on lui disait, et elle souleva rudement un de ses bras pour passer son poignet à une des menottes attachées à la croix. Il résista légèrement lorsqu'elle essaya d'attacher l'autre.

C'était une erreur.

Elle fit signe à Frankie de venir et, tandis qu'il manquait de déboîter le bras d'Aiden en mettant la deuxième menotte, elle lui assena un autre coup dans le dos avec la cravache. Il essayait de ne pas pleurer trop fort, mais ça faisait tellement mal, putain. Il tremblait, il pleurait, et c'était terriblement compliqué de ne pas supplier. Il se sentait comme une gamine de dix ans. Il était terrifié. C'est alors que l'air terrifié que Reagan avait eut lorsqu'elle avait ouvert les yeux pour découvrir que Lucas allait la violer lui revint à l'esprit. Il ne ressentait toujours pas de regrets, mais il avait la nausée maintenant.

Il pouvait entendre le cliquetis des talons de la dominatrice derrière lui, tandis que Frankie attachait ses chevilles au sol. Une fois que le garde du corps fut reparti, il entendit la femme marcher jusqu'à lui faire face. Elle regarda son entrejambe où sa bite était toujours molle, et eut un petit sourire. « Ouvre la bouche, » cracha-t-elle.

Aussitôt qu'il le fit, elle y enfonça un bâillon-boule comme celui qu'elle avait utilisé auparavant. Il s'étouffa et toussa de son mieux tandis qu'elle l'attachait derrière sa tête. La boule l'empêchait de fermer la bouche, et il pouvait sentir de la bave couler sur son menton. Il leva la tête et vit que Frankie avait l'air amusé en filmant le tout.

Puis, la maîtresse lui banda les yeux pour restreindre davantage ses sens. Tout ce qu'il lui restait vraiment, c'était son ouïe et son toucher. Tout ce qu'il voulait toucher, c'était le volant de sa BM sur la route qui le mènerait loin d'ici… mais il savait que ça n'arriverait pas. Il resta à écouter, comprit qu'elle venait de prendre quelque chose suspendu au mur, et se tendit en attendant le premier coup.

Il entendit le cliquetis de ses talons lorsqu'elle revint vers lui et soudain, il le sentit. C'était une douleur déchirante, qui passa de là où elle avait asséné le coup, sur ses fesses, jusqu'au haut de son dos. Il hurla autour du bâillon. S'il avait pu parler, il aurait sûrement été dans une merde noire parce que, dans sa tête, il la traitait de tous les noms qu'il connaissait. Au moins vingt coups plus tard, elle demanda, « Est-ce que tu comprends que tout ça, c'est de ta faute ? »

Il se sentait au bord de l'évanouissement, mais il avait peur qu'elle le tue s'il sombrait. Il acquiesça et elle reprit. « Bien. Quand nous en aurons fini avec toi, tu auras compris que la cupidité, l'arrogance et la perversion ne sont pas de bonnes qualités, surtout dans le cercle d'une famille. Quand j'en aurais fini avec toi, tu seras prêt à t'excuser auprès de ta sœur et à lui dire, en tout sincérité, que tu es un gros déchet ambulant. C'est compris ? »

Tandis qu'elle parlait, il pouvait entendre qu'elle faisait claquer quelque chose contre la paume de sa main. Ça avait l'air plus lourd, ou plus épais que la cravache. Il hocha de nouveau la tête, en espérant qu'elle ne l'utiliserait pas sur lui, quoi que ce fut. Elle se rapprocha suffisamment de lui pour qu'il puisse sentir son odeur, et elle leva les bras pour enlever le bandeau de ses yeux. Ce qu'il vit dans sa main envoya une vague de terreur dans tout son corps, du genre qu'il n'avait jamais encore ressentie de sa vie. Ça avait l'air d'une ceinture, mais en son centre était attaché le plus gros gode qu'il ait jamais vu. Il devait faire entre vingt et vingt-cinq centimètres de long, et cinq de large. Il était content d'être encore bâillonné, parce qu'il lui aurait posé une question qui lui aurait attiré des ennuis. Elle retira lentement le bâillon, lui laissant voir les marques que ses dents avaient laissé dessus au passage. Puis, elle retira ses menottes, s'agenouilla et dit, « Mets-toi à genoux, et lèche mes chaussures pour me remercier de ton éducation. »

Cet ordre chassa ses questions par rapport au gode, et il fit donc ce qu'elle demandait. Après qu'elle en eut marre de le voir lécher le cuir et son pied autour, elle ordonna, « Debout. »

Ils se mirent tous deux sur leurs pieds, et il la vit faire un signe à Frankie. Le grand type arriva et le souleva par les épaules pour l'amener jusqu'au canapé.

« Mets bien ton ventre contre le cuir. »

Aiden fit ce qu'on lui disait, et paniqua plus qu'il n'avait paniqué depuis le début lorsqu'il sentit qu'on attachait ses chevilles. Il essaya de se relever, mais la main musclée de Frankie le maintint contre le canapé. Une fois que ses chevilles furent liées, Frankie attacha ses bras et lui adressa un autre sourire avant de repartir. Ce qui emplit alors le champ de vision d'Aiden le fit crier, puis supplier, puis s'aplatir, et prier... puis pleurer.

La maîtresse portait la ceinture et l'énorme bite factice sortait de son entrejambe. Elle sourit et ronronna.

« - Tu es prêt pour ta nouvelle leçon ? Est-ce que tu

aimerais savoir ce que ça fait d'être violé, de manière personnelle ?

- Non Maîtresse. Pitié. Je suis tellement désolé. »

Elle sourit et se pencha en avant pour lui déposer un doux baiser sur les lèvres avant de siffler, « Accroche-toi bien, mon joli… Je vais te faire sauter le bouchon. »

CHAPITRE 16

Un an plus tard

« Tu es nerveux ? »

Lucas et son père s'étaient retrouvés au Starbucks en bas de la rue où se trouvait le nouvel appartement avec terrasse qu'il partageait avec Reagan pour prendre le café, le matin du mariage. Reagan n'était pas rentrée à la maison en deux jours, et son absence le rendait grognon, à la limite de la dépression. Elle avait dormi chez son amie Belinda qu'elle avait rencontrée une fois qu'elle avait été libérée de l'emprise de son frère. Elle était enfin libre de profiter de sa vie et, aussi content que ça rendait Lucas de la voir heureuse, elle lui manquait tout de même à chaque seconde. Pour sa défense, ces deux jours étaient la première fois qu'ils se séparaient pour la nuit en un an. Pour sa défense à elle, c'était aujourd'hui qu'elle se mariait, et elle avait besoin de temps pour faire des trucs de filles, et se préparer sans qu'il ne l'embête.

« Pas vraiment, » répondit Lucas à son père.

C'était vrai, en partie. Il n'était pas nerveux à l'idée de se marier à Reagan, il était même impatient. Il était plutôt inquiet à l'idée d'être un bon mari, et plus tard, un père. Il voulait donner le monde entier à Reagan, le meilleur de tout, et parfois il avait peur de ne pas pouvoir être ce qu'elle méritait.

« - Elle t'aime, fiston. Je peux le voir dans ses yeux, chaque fois qu'elle te regarde.

- Je sais qu'elle m'aime, répondit Lucas avec un sourire. J'ai l'impression d'être l'homme le plus chanceux du monde.

- Tu l'es, fit son père en souriant. Tout le monde n'a pas la chance de rencontrer son âme sœur, et encore moins de passer le reste de sa vie avec elle.

- Je remercie Dieu tous les jours pour ça, Papa, fit Lucas en hochant la tête. Je peux te poser une question, quand même ?

- Bien sûr.

- Je sais que Maman n'était pas ton âme sœur. Je le sais, parce que tu as aimé Carey pendant très longtemps. Mais tu n'as pas trompé Maman, et je ne pense pas que tu l'aurais fait même si Carey avait été d'accord. Alors, tu dois l'avoir aimée aussi, non ?

- Bien sûr. J'aimais beaucoup ta mère. J'ai rencontré Carey alors que ta mère et moi connaissions quelques tensions. C'est peut-être pour ça qu'il a été si simple pour moi de tomber amoureux. Ou alors, c'était peut-être mon âme sœur et je l'ai rencontrée trop tard. Mais, quoi qu'il en soit, je n'aurais jamais blessé ta mère de la sorte. C'était une femme remarquable, et j'aurais aimé qu'elle soit encore là pour te voir te marier à Reagan. Elle aurait été tellement fière de toi... de vous deux. »

Un faible sourire passa sur le visage de Lucas. La mort de sa mère avait été compliquée pour lui, mais son père avait toujours été son pilier et sa présence dans sa vie l'avait aidé dans cette épreuve.

« - J'aurais aimé qu'elle soit là, moi aussi. Je suis

reconnaissant que tu sois là. C'est douloureux que les parents de Reagan ne puissent pas la voir descendre l'allée. Au cas où on ne te l'ait pas dit, on est vraiment reconnaissants que tu te sois porté volontaire pour l'accompagner à ton bras.

- Reagan m'a déjà remercié avec profusion, et trop de fois. Je suis tellement content et fier de le faire. »

Lucas soupira. « Alors, quand toi et Maman vous êtes mariés et que vous avez commencé une famille, est-ce que vous aviez peur de ne pas savoir ce que vous faisiez et que vous alliez tout faire foirer ? »

Rex sourit et prit une gorgée de café avant de répondre.

« - À peu près tout le temps, oui.

- Ça me rassure, rit Lucas.

- Et bien, tu es la preuve qu'on s'en est pas si mal sortis. Écoute fiston, tout le monde espère que se marier et devenir parent soit expliqué étape après étape dans un petit manuel, surtout les gens organisés comme toi, dit son père en souriant. Mais puisque ce n'est pas le cas, tu dois te contenter de faire de ton mieux chaque jour. L'amour est ce qu'il y a de plus important, et tant que tu as ça, tu as tout ce qu'il te faut.

- J'espère, reprit Lucas. Reagan se remet enfin de ce que son frère lui a fait. Tout ce qu'elle a jamais voulu, c'est une famille intacte et je veux lui donner ça plus que tout. Je veux juste bien m'y prendre.

- Je crois que tu en es bien capable, » acquiesça Rex.

Ils burent silencieusement leur café pendant quelques minutes, puis Rex reprit.

« - En parlant du loup, est-ce que vous avez eu d'autres problèmes avec lui ?

- Pas depuis un moment, » répondit Lucas. Son père avait mis le doigt sur son inquiétude majeure. Aiden Kade, et ce que ce taré psychopathe pourrait bien faire.

Après cette soirée où lui et Reagan avait laissé Aiden à Maîtresse Lasinda pour sa « punition », les choses dans leurs vies avaient été un peu chaotiques pour dire le moins. Les trois premières semaines avaient été fantastiques. Ils faisaient l'amour tous les jours et toutes les nuits, le plus souvent à de nouveaux endroits, et ils passaient presque chaque seconde ensemble à récupérer le temps perdu à cause d'Aiden. Ils avaient l'impression d'enfin pouvoir respirer sans sa présence constante dans leurs vies.

Pendant ce temps, ils firent déménager les affaires de Reagan de la résidence de La Jolla à la maison familiale que Lucas partageait avec son père. Lucas était sûr qu'Aiden commencerait à vendre les biens familiaux qu'il lui restait dès qu'il serait de retour, et il voulait s'assurer que Reagan avait tout ce qu'elle voulait avant qu'il ne fasse ça. Reagan ne voulait prendre que ce qui lui revenait, et quelques boîtes de photos et de souvenirs que sa mère avait gardé dans le grenier. Ne rien laisser à Aiden lui avait donné des remords, et elle avait préféré lui permettre de prendre ce qu'il voudrait de la maison. Ça lui permettrait de prendre un nouveau départ. Lucas ne comprenait pas pourquoi elle avait fait ça, ce bâtard ne méritait rien, mais il savait bien qu'elle se sentait désolée pour lui. Reagan était tout simplement heureuse de ne plus avoir à vivre sous le même toit que ce monstre.

Tout comme Lucas l'avait suspecté, aussitôt qu'Aiden était rentré à La Jolla, il avait commencé à vendre les biens familiaux. Il avait trois voitures, une jaguar, un SUV et une BMW. Il garda la BMW et vendit les deux autres, puis s'attaqua aux antiquités et aux œuvres d'art de la maison. Il y avait des tapis persans qui valaient des milliers et des tableaux originaux qui en valaient plusieurs dizaines. Reagan avait sélectionné ce qu'elle voulait dans les bijoux de sa mère, mais ce qu'il restait lui donnerait sûrement un petit million. Lucas ne put s'en empêcher d'être furieux lorsqu'il songea à tout l'argent qu'Aiden allait se faire, mais Reagan l'avait calmé en lui disant que ça importait peu ; ils avaient quelque chose qu'Aiden n'aurait jamais… l'amour, et l'un pour l'autre. Lucas en serait peut-être resté là si Aiden n'avait pas essayé de s'en prendre de nouveau à Reagan. Tout du moins, Lucas avait un sérieux doute sur son implication. Il n'avait simplement pas pu la prouver, pour le moment.

Une fois qu'ils furent de retour en ville et que la nouvelle entreprise rajeunie fut remise sur pied, Reagan s'inscrivit à l'université et travailla avec eux dans l'entreprise sur son temps libre. Lucas ne pensait pas qu'il y ait quelque chose dont elle soit incapable. Elle était intelligente et motivée et en plus, elle possédait le plus grand pourcentage de la firme. Mais elle insistait pour apprendre les ficelles du métier depuis les coulisses, pendant qu'elle étudiait pour sa licence. C'était compliqué pour Lucas de prendre du recul et de la laisser faire ainsi, mais il avait dû respecter sa décision. Ça en disait long sur son caractère, et ça le rendait encore plus amoureux. Une fois qu'elle eut son nouveau travail, cependant, les choses commencèrent à se gâter.

D'abord, ce fut les envois de fleurs. En arrivant le matin à son bureau, Reagan put voir à plusieurs reprises un vase de roses noires avec des petits mots comme « De la couleur de ton âme. » ou encore « J'espère que ta vie est aussi lugubre que ces roses. » Lucas retraça les livraisons de chaque bouquet. La personne qui les avait achetés était allée voir différents fleuristes dans le grand San Diego et avait payé en liquide à chaque fois. La description qu'en faisaient les gens qui s'en souvenait ressemblait vaguement à Aiden, mais lorsqu'ils voyaient une photo de lui, ils ne pouvaient pas être sûrs. L'homme qui avait acheté les fleurs portait un chapeau et avait ce que les gens décrivaient comme « une barbe de plusieurs jours qui lui mangeait les joues ».

Lucas augmenta la sécurité de l'entreprise et fit arrêter les livraisons avant qu'elles ne parviennent à Reagan. Il y eut un battement de quelques semaines, puis les lettres commencèrent à arriver à la maison. Chacune était remplie d'un charabias malsain et s'étalait sur plusieurs pages sur la « petite pute profiteuse » qu'était Reagan. Il n'y avait aucun moyen de les retracer à la source, puisqu'elles étaient écrites avec des lettres coupées et collées de journaux et envoyées d'un endroit différent de la ville à chaque fois. Lucas voulait aller voir Aiden et le tabasser de ses propres mains, mais Reagan l'avait supplié de ne pas le faire. Elle était convaincue que c'était ce qu'Aiden voulait. C'était probablement un plan pour qu'il puisse être la victime d'un assaut ou d'une tentative de meurtre de la part de Lucas, et le faire arrêter. Il ne parlerait pas de ce qu'il s'était passé au chalet pour conserver les apparences... mais si Lucas l'attaquait sans aucune preuve que c'était lui le harceleur, il aurait l'air d'une victime. Lucas savait que Reagan avait raison, mais dieu que c'était dur de ne pas vouloir le tuer.

Au lieu de ça, Lucas avait demandé à ses employés de vérifier le courrier avant que Reagan ne le voit et d'enlever ces lettres. Il avait aussi contacté une agence de sécurité pour faire suivre Aiden dans ses déplacements et photographier tout ce qu'il faisait. Pendant ce temps, alors qu'ils essayaient de continuer leurs vies, Lucas avait fait sa demande en mariage. Il avait longtemps pensé à la manière dont il voulait s'y prendre, et s'était finalement décidé sur une idée qu'il espérait que Reagan adorerait. Il y repensait maintenant, et sourit. Toute pensée d'Aiden s'était envolée sitôt que son esprit était revenu sur ce jour-là.

C'était un vendredi matin, et Reagan était à son bureau au travail. Elle avait l'air adorable dans sa jupe à carreaux bleus et son chemisier blanc en coton au col montant. Ses cheveux blonds et soyeux tombaient autour de ses épaules et ressemblaient à de l'or filé dans les reflets des néons. Lucas était toujours impressionné par la manière dont son cœur s'arrêtait presque de battre à chaque fois qu'il la voyait, puis repartait et ne battait alors plus que pour elle.

« Salut, ma jolie. C'est la fin de la journée. »

Reagan lui sourit en relevant la tête, derrière son bureau.

« - Il est onze heures du matin.

- Oui, et c'est la fin de ta journée.

- Mais qui va prendre ma place ?

- J'ai déjà demandé à Brandi de la RH, elle va envoyer une des CDD pour te remplacer. Elle devrait être là d'une seconde à l'autre.

- Mais…

- Arrête de contester tout ce que je te dis, femme, ou je te jette par-dessus mon épaule et je te transporte hors de là comme un homme des cavernes. » Reagan eut un petit rire et il ajouta, « Tu crois que je ne peux pas le faire ? Ne me tente pas, femme ! »

Elle rassembla ses affaires en riant toujours, et redirigea ses appels. Lucas avait fait attendre une voiture devant, et elle les emmena sur un banc de plage privé. Lucas sortit un panier à pique-nique du coffre et le porta d'une main en tenant celle de Reagan dans l'autre. Elle avait enlevé ses chaussures et les tenait tandis qu'ils marchaient sur le sable tiède, jusqu'à un monticule de pierres surélevées qui donnait vue sur la plage et l'océan. Ils s'y assirent et mangèrent leur déjeuner, parlant et riant et regardant au loin le calme de l'océan. Ils adoraient tous deux la plage, et ils avaient même parlé d'acheter une maison sur la plage un jour.

Après le déjeuner, Lucas dit, « Allons nous promener. »

Reagan approuva facilement, et il prit sa main pour la mener plus loin le long de la plage déserte. Reagan semblait apprécier la vue, et elle était occupée à essayer d'apercevoir ce qu'elle pensait être un phoque dans l'eau lorsque Lucas arrêta de marcher. Elle leva les yeux sur lui, et c'est alors qu'elle le vit, du coin de l'œil. Elle se tourna vers le château de sable massif devant eux. C'était un vrai château avec des tours, des douves et un grand mur de pierres autour. Il avait l'air d'avoir été méticuleusement façonné dans le sable, et Reagan ne put que l'admirer un long moment avant de remarquer que quelque chose était écrit dans le sable, tout autour. Elle se rapprocha, et Lucas la suivit. Elle se sentit comme Dorothée dans le Magicien d'Oz en contournant l'immense château de sable pour lire ce qui était écrit dans le sable.

Il y avait écrit, « Reagan Kade, me ferais-tu l'honneur de devenir ma femme ? » Elle leva les yeux pour chercher le visage de Lucas et ne le trouva pas. Il avait mis un genou à terre devant elle et dans sa main, il portait une petite boîte blanche en velours. Il l'ouvrit et Reagan fut presque aveuglée par le reflet du soleil sur l'anneau de pierres précieuses.

« Je t'aime, Reagan. »

Elle sourit à travers les larmes qui commençaient à perler aux coins de ses yeux.

« - Je t'aime aussi, Lucas, tellement.

- Veux-tu bien m'épouser ? »

Les larmes tombèrent les unes après les autres sur ses joues. Elle ne pouvait pas les contrôler, et elle ne se donna pas la peine de les essuyer avant de hocher la tête avec enthousiasme et de répondre, « Oui, Lucas ! Il n'y a rien au monde que j'aimerais plus que de devenir ta femme. »

Il passa la bague à son doigt et se releva. Il passa ses bras autour d'elle et l'attira dans un câlin écrasant. « Tu viens de faire de moi l'homme le plus heureux sur terre. »

Elle leva les yeux vers lui et lui sourit. « Tant mieux, parce que j'en suis la femme la plus heureuse. On va avoir une vie fantastique ensemble. »

Lucas lui sourit en retour et acquiesça, « Je n'en doute pas. »

Après ça, ils avaient commencé à prévoir le mariage et

avaient cherché à acheter une maison à eux. Ils avaient fait dix ou douze maisons avant de se fixer sur une qu'ils avaient adoré dès qu'ils l'avaient vue. Elle était sur la plage, et le sol du rez-de-chaussée tout entier était fait de verre, de sorte qu'ils pouvaient voir l'océan bleu et les sables blancs de tous les côtés. Elle avait besoin de rénovations, mais l'entrepreneur avait assuré à Lucas qu'ils pourraient s'y installer dès leur retour de lune de miel. Dès qu'ils avaient signé pour la maison, ils avaient retrouvé un faux sens de sécurité… et c'est là qu'il avait frappé à nouveau.

Environ trois semaines après le début des rénovations, l'entrepreneur de Lucas l'avait appelé pour lui dire qu'ils étaient arrivés sur le site de travail le matin et qu'ils avaient été accueillis par la puanteur d'une pile de têtes de poissons en décomposition laissés au milieu du salon. Bien que cela énerve grandement Lucas, ce qui le mettait encore plus en colère était qu'Aiden n'était même pas à proximité de San Diego quand c'était arrivé. Il travaillait à essayer de mettre en place une entreprise de logiciels avec une partie de l'argent qu'il avait obtenu en vendant les objets familiaux, et se trouvait alors dans la Silicon Valley. La firme de surveillance qui le suivait avait des photos de lui pendant toute la semaine précédant l'incident. Lucas était pourtant persuadé qu'il était responsable. Il avait simplement embauché quelqu'un pour faire le sale boulot… mais une fois de plus, il ne pouvait pas le prouver. C'est finalement ce qui décida Lucas à agir et, pour la première fois et ce qu'il espérait être la dernière, il fit quelque chose dans le dos de Reagan. En y repensant, il sourit. C'était une belle journée.

CHAPITRE 17

Reagan se tenait devant le miroir en pied de la salle de mariée au Catamaran Resort and Spa, à San Diego. Elle avait vérifié la grande étendue verdoyante où Lucas et elle prononceraient leurs vœux dans moins d'une heure lorsqu'elle était arrivée le matin.Elle comprenait des chaises pour près de 200 invités et la longue piste blanche au milieu était compensée par les fleurs tropicales de toutes les couleurs qui la bordaient. Devant tout ça, il y avait une arche en bambous faite main et décorée avec le même type de fleurs fraîches et fragrantes, ainsi que des brins de feuilles de palmier. C'était une journée ensoleillée et fantastique, et les vues panoramiques de la Mission Bay et de l'horizon de San Diego étaient la cerise sur le gâteau. Reagan avait passé plus de bons moments et de jours heureux depuis qu'elle avait rencontré Lucas qu'à aucun moment de sa vie, mais elle savait qu'aujourd'hui serait le plus heureux et le plus mémorable de tous. Elle avait hâte d'être sa femme et de commencer leurs vies ensemble. Et même si des pensées d'Aiden et de ce qu'il pourrait mijoter essayaient de s'insinuer dans son subconscient, elle les écrasaient à chaque fois. Elle lui avait déjà permis d'avoir trop d'impact sur sa vie. Aujourd'hui, c'était un jour pour elle et Lucas, et Aiden n'y avait pas sa place, même dans ses pensées.

Quelqu'un toqua à la porte, l'arrachant à ses rêveries. Avant qu'elle ne puisse s'y rendre pour répondre, son amie Belinda passa sa tête dans l'embrasure. « Salut ma belle ! Les maquilleurs sont là. »

Reagan lui sourit. « D'accord, je suis prête si tu l'es. »

Belinda était sa demoiselle d'honneur et elle lui avait sauvé la vie. Reagan n'avait pas eu d'amies proches depuis le lycée. Aiden s'était assuré de cela pour que son plan de contrôle et de domination de chaque aspect de sa vie soit parfait. Elle avait rencontré Belinda au bureau. Elle travaillait en tant que jeune assistante pour Rex Ferris depuis deux ans, et le contact était directement passé entre elle et Reagan. Belinda s'était mariée depuis moins d'un an, et elle avait donc beaucoup de conseils à prodiguer à Reagan lorsqu'elle avait commencé à planifier son mariage. Son mari était un type très sympa, et même si Lucas et lui ne seraient sûrement pas les meilleurs amis du monde à cause de la différence d'âge, ils s'entendaient suffisamment bien pour que les deux couples puissent organiser des choses ensembles, à l'occasion. Reagan adorait avoir une meilleure amie, et elle confiait presque tout à Belinda.

Belinda ouvrit la porte, et deux femmes et un homme entrèrent. Chacun portait un sac en cuir rempli de fournitures. Ils s'installèrent et furent prêts à faire des miracles en quelques minutes. Lorsqu'ils repartirent, la coiffeuse arriva, puis ce fut le moment pour Reagan et Belinda de passer leurs robes. Reagan avait travaillé avec un designer de Bali qui lui avait élaboré une robe spéciale qui avait un côté décontracté qui évoquait la plage mais qui portait l'élégance nécessaire pour un mariage. Belinda portait une robe vert pâle et Lucas, son père et son témoin portaient tous des costards noirs avec des cummerbunds et des cravates d'un vert pâle. Ce n'était pas la couleur préférée de Reagan, mais ça avait été celle de sa mère, Carey. C'était sa manière à elle de l'honorer et de lui faire savoir que, si elle pouvait la voir d'une manière ou d'une autre, elle lui manquait terriblement.

« -Alors, nerveuse, excitée, ou les deux ? Lui demanda Belinda pendant qu'elles patientaient.

- Les deux, répondit-elle avec un sourire. Mais tu sais ce qui me tracasse le plus à part mes nerfs et mon excitation ?

- Quoi ?

- Lucas me manque. J'ai à peine dormi en deux jours. Je ne sais pas comment faire pour dormir plus longtemps sans lui. Il me manque comme si quelqu'un m'avait coupé le bras, et que je devais vivre sans pendant deux jours avant qu'on me le recouse.

- Et bien c'est une bonne chose, rit Belinda. Parce que tu vas dormir avec lui pour le reste de ta vie ! »

Reagan se sentit soudain radieuse intérieurement, et sut que ça devait se voir. Pouvoir être avec Lucas pour le reste de sa vie, c'était un sentiment qu'elle ne pourrait même pas exprimer avec des mots si elle le devait... mais pour faire simple, c'était un bon sentiment.

« Ok, les filles ! » L'organisatrice de mariage que Reagan avait embauchée pour les aider avec les détails de dernière minute débaroula dans la pièce. Elle était tellement pleine d'énergie qu'elle rendait parfois Reagan nerveuse, mais elle faisait vraiment du bon boulot. « C'est ton tour, dame d'honneur. »

Belinda prit rapidement Reagan dans ses bras pour lui murmurer quelque chose à l'oreille.

« - Bonne chance, ma puce. Tu es absolument magnifique.

- Merci. Et merci d'être ici, aussi.

- Je voudrais pas être ailleurs, répondit-elle avec un sourire.

- Allez, avant que tu la fasses pleurer et que tu gâches tout son maquillage, » tança l'organisatrice. Belinda rit, et suivit la petite femme hyperactive en quittant la pièce. Presque aussitôt qu'elles furent sorties, Reagan entendit la musique belle et douce de la harpe, et elle sut qu'elle marcherait bientôt dans l'allée. Quelqu'un d'autre tapa à la porte, et Rex Ferris entra, propre sur lui même et beau dans son costume. Il laissa échappa un petit sifflement grave en voyant Reagan.

« - Tu es absolument ravissante. Mon fils a bien de la chance.

- Merci, Rex, répondit Reagan avec un sourire. Mais, c'est moi qui suis chanceuse.

- Vous allez avoir une vie fantastique, tous les deux.» Sur le mot « vie », les notes de la marche nuptiale débutèrent, et ils entendirent l'organisatrice taper à la porte en disant « Allez, la mariée, c'est à ton tour ! »

Reagan prit le bras que Rex lui offrait, et ils sortirent ensemble de la pièce. Ils regardèrent le début de la longue piste blanche et attendirent leur signal. Rex se pencha et lui déposa un baiser sur la joue en disant, « Celui-là, c'est pour ta maman. Je sais qu'elle aurait adoré être ici, plus que tout au monde. »

Les yeux de Reagan s'emplirent de larmes à la mention de Carey. L'organisatrice sembla apparaître de nulle part quand elle lui tendit un mouchoir.

« N'essuie pas, tamponne. » Reagan eut un petit rire, et tamponna délicatement les larmes. Puis, elle prit une grande inspiration et repassa son bras à celui de Rex. Les invités se levèrent tous, et ils commencèrent à avancer vers l'autel. Elle pouvait voir Lucas l'attendre, et les papillons de son ventre s'envolèrent. Il était tellement magnifique dans son costard, et il avait un sourire presque euphorique sur le visage. Ses yeux se fixèrent sur ceux de Reagan, et ni l'un ni l'autre ne détourna le regard jusqu'à ce qu'elle et Rex arrivent à destination. Lorsqu'ils s'arrêtèrent, Rex souleva le fin voile de dentelle qu'elle portait et l'embrassa sur la joue avant de murmurer, « Je t'aime. »

Reagan lui sourit et répondit, « Je vous aime aussi. Merci. »

« Non, merci à toi, reprit-il. Merci de rendre mon fils plus heureux que je ne l'ai jamais vu. »

Il la remit à Lucas, et elle passa son bras au sien. Lucas était rayonnant en la regardant.

« - Mon dieu, tu es fabuleuse, murmura-t-il.

- Toi aussi, » répondit-elle avec un clin d'œil. Il était tellement beau, en réalité, qu'elle avait envie de lui sauter dessus là, tout de suite. Elle était toujours impressionnée par le fait qu'après presque deux ans ensemble, le voir lui donne encore la chair de poule et fasse se bloquer sa respiration dans sa gorge.

« - Pouvons-nous commencer ? leur demanda le pasteur.

- Oui, » répondirent-ils à l'unisson.

Reagan souriait tellement que son visage lui faisait presque mal. Elle se contrefichait d'où était Aiden ou de ce qu'il faisait. Elle se mariait à l'homme de ses rêves, aujourd'hui, et qu'importe ce qu'Aiden ferait à partir de maintenant, il ne pourrait pas lui prendre son bonheur. Elle avait hâte de voir ce que Lucas avait prévu pour la lune de miel qu'il avait insisté pour garder secrète... et pour le reste de leurs vies.

―――

*L*orsqu'ils quittèrent la réception et se rendirent vers l'aéroport, Reagan posa des millions de questions pour comprendre où ils allaient, mais Lucas ne lui donna même pas un indice autre que de lui dire qu'elle allait adorer, un endroit où absolument personne ne viendrait les embêter.

Ils prirent le jet privé de son entreprise, et Reagan continua d'essayer de lui soutirer leur destination sur le chemin. Lucas avait l'air amusé à chaque fois qu'elle émettait une hypothèse, et s'en tenait à ne rien lui dévoiler. Lorsque l'avion commença à descendre, elle regarda par la fenêtre et ne put voir que des chaînes de montagnes recouvertes de neiges.

« La Suisse ? » fit-elle.

Les lèvres de Lucas se retroussèrent.

« - Non !

- Attends ! Oh mon dieu ! Lucas, c'est quoi ça ? » demanda-t-elle avec excitation, en pointant du doigt un des monts enneigés. Il était entouré de très peu de terre, et de beaucoup d'eau.

Il sourit en regardant par la fenêtre.

« - C'est un volcan, répondit-il.

- Lucas ! » Elle passa ses bras autour de lui et il rit. Reagan n'arrivait pas à croire qu'il ait fait ça. Il l'avait écoutée lorsqu'elle avait parlé de ses souvenirs, et il avait compris tout ce qu'ils représentaient pour elle. C'était tout simplement une autre des raisons pour lesquelles elle l'aimait tant.

Une fois qu'ils furent descendus du jet à l'aéroport et qu'ils furent montés à bord du petit bateau commercial qui les amèneraient jusqu'à une île, Reagan laissa ses pensées dériver vers ce week-end, dix ans plus tôt.

C'était le week-end qui avait complètement changé sa relation avec son beau-père, et un de ses souvenirs préférés.

Reagan n'avait pas toujours adoré son beau-père. Quand sa mère s'était mariée, Reagan s'était retrouvée écrasée par tous les changements dans sa vie, et elle en avait voulu à son beau-père de leur prendre du temps précieux, à elle et à sa mère. Elle avait l'impression que trop de choses changeaient et, dans un style typiquement pré-adolescent, elle avait décidé d'agir. Elle savait que sa mère avait toujours été très fière des bonnes notes qu'elle récoltait à l'école, alors elle commença par là. Elle arrêta de rendre ses devoirs et d'étudier pour ses contrôles, et, à la fin de la sixième, elle n'avait pas la moyenne en anglais, en histoire et en éducation civique, et menaçait de redoubler. Sa professeure l'aimait bien, et elle pensait que Reagan avait juste une période difficile, et lui avait donc donné un projet supplémentaire pour rattraper sa moyenne en lui disant que, si Reagan le faisait suffisamment bien, elle pourrait lui permettre de passer l'année. Son devoir consistait à prendre une métropole, une ville ou une île des États-Unis qu'elle n'avait jamais visitée et d'en apprendre autant que possible dessus, pour ensuite rendre un rapport complet une fois qu'elle serait rentrée de week-end prolongé.

Ses parents firent tout pour l'encourager, et son beau-père lui promis même qu'il l'emmènerait visiter l'endroit qu'elle choisirait, pour qu'elle puisse le voir de ses propres yeux, tant qu'elle promettait de faire ce devoir avec sérieux.

« Très bien, avait dit la petite fille de onze ans avec un air de défi dans les yeux. Je veux faire mon devoir en Alaska. »

Ses parents s'étaient regardés, puis son beau-père avait pris la parole.

« - Quelle ville d'Alaska ? Juneau ? Anchorage ?

- L'île Kiska, » avait-elle dit avec un petit sourire espiègle.

Reagan avait fait ses recherches. Cette île était une ancienne station météorologique de la seconde guerre mondiale. Elle était froide, déserte, et comportait un volcan en activité. Elle était sûre que son beau-père lui refuserait ça, et que ça lui donnerait une raison de lui en vouloir encore plus.

Étonnamment, un jour plus tard, leur avion arrivait à Anchorage et ils prenaient un bateau pour se rendre à Kiska. En vingt-quatre heures, son beau-père avait fait en sorte qu'un petit campement agréable soit dressé pour eux et, pendant les trois jours qui suivirent, tous trois explorèrent la petite île, en trouvant des vestiges de la seconde guerre mondiale ça et là, et grimpant même tout en haut du volcan. Les possessions les plus chères à Reagan aujourd'hui encore étaient des petites pierres volcaniques qu'elle avait récupéré ce week-end là, et ce voyage était devenu l'un de ses favoris. Il avait aussi consolidé un lien entre son beau-père et elle, et elle avait commencé à penser à lui comme son père après.

―――

*P*lus tard dans la soirée, Reagan était assise avec Lucas devant un feu vrombissant dans le bungalow tout neuf qu'il avait fait construire sur l'île, et elle ne parvenait toujours pas à exprimer tout ce qu'elle ressentait.

« Je n'arrive pas à… commença-t-elle en prenant une gorgée de chocolat chaud. Je n'arrive pas à trouver les mots pour te dire tout ce que ça représente pour moi. »

Lucas lui sourit et déposa son mug. Avec un sourire sexy, il dit, « Peut-être que tu peux me montrer, alors. »

Reagan ne perdit pas de temps, et déposa elle aussi sa tasse. Ils s'étaient tous deux retenus à bord de l'avion et du bateau… à attendre le bon moment. Elle se leva et vint se placer devant lui. Il lui sourit et dit, « Est-ce que vous êtes prête à faire l'amour à votre mari, Madame Ferris ? Et demain, nous explorerons. »

Au lieu de lui répondre avec des mots, Reagan prit ses mains dans les siennes et les amena à sa poitrine. Elle les déposa sur ses seins, et elle sut qu'il pouvait sentir ses tétons durs. Il commença à les caresser, et elle regarda l'expression sur son visage passer de désir à besoin en quelques secondes. Elle adorait l'effet qu'elle avait sur lui et, plus important encore, elle adorait que leurs sentiments soient réciproques.

Reagan se mit à genoux devant lui et tendit les mains vers sa bite, déjà palpitante. Elle passa sa petite main contre son contour, sur le devant de son pantalon, et la chaleur qu'elle ressentit à travers le tissu ralluma l'enfer brûlant de son ventre. Tandis qu'elle le caressait, un son sortit de la gorge de Lucas, comme une sorte de grognement, et elle se sentit instantanément mouiller. Il était tellement sexy que parfois, elle n'était pas sûre de pouvoir le supporter. Elle le désirait tellement, tout le temps.

Il se pencha en avant et déposa ses lèvres sur son cou. Elle rejeta la tête en arrière pour s'ouvrir à lui, et il commença à l'embrasser, à la lécher, puis à la suçoter. Elle caressait sa bite désormais rigide plus vite et plus fort tandis qu'il dégustait sa peau sensible avec de petites morsures érotiques et douces. Elle haletait, et ses respirations étaient de plus en plus courtes et erratiques. Lui aussi respirait par à-coups en mordant et en suçant, et le son n'en excita que plus Reagan. Qu'il soit aussi intense et exigeant pendant qu'ils faisaient l'amour la faisait partir dans une folie sexuelle qu'elle n'avait jamais ressentie avant, et elle espérait qu'elle aurait toujours cette impression après vingt, trente, et même quarante ans. Elle voulait ne jamais perdre cette sensation.

Elle réalisa soudain que, alors qu'il continuait de festoyer sur son cou, il lui enlevait son chemisier. Une fois qu'il l'eut déboutonné et qu'il eut repoussé les pans de chaque côté, ses doigts passèrent sous son soutien-gorge et trouvèrent un de ses tétons durcis. Il le titilla légèrement, puis le prit entre ses doigts, commença à le tordre et à le faire rouler, et sembla se délecter des gémissements que cela tirait de Reagan. Elle avait l'impression que son cœur allait exploser chaque fois qu'il la touchait comme ça. Il approcha ses lèvres de son lobe d'oreille tandis qu'il pelotait ses seins, laissant sa respiration chaude lui donner des frissons tandis qu'il lui murmurait des choses sexy. Sa main fit le tour de ses seins pour trouver l'attache de son soutien-gorge et les libérer, enfin.

Il baissa les yeux et laissa un autre grognement lui échapper avant de relever la tête et de la tenir à assez de distance pour finir de lui enlever entièrement son chemisier et son soutien-gorge. Puis, il fit descendre sa bouche pour tracer lentement le contour de ses tétons avec sa langue, avant de se fixer sur un pour le mordiller et le suçoter. Reagan avait l'impression d'être en chute libre. La manière dont il faisait tomber le plaisir sur son corps lui donnait le tournis. Il ne faisait pas que suçoter et jouer avec ses seins, il leur faisait l'amour. Elle était au bord de l'orgasme lorsqu'il passa de l'un à l'autre. Avant Lucas, même si elle avait beaucoup fantasmé sur le sexe, elle n'aurait jamais imaginé que ça puisse être comme ça.

Lorsqu'il eut son content de ses seins… pour le moment du moins, il amena ses lèvres jusqu'aux siennes et se leva, la soulevant de ses pieds par la même occasion. Il l'amena à reculons dans le petit couloir qui menait à leur chambre, et la déposa délicatement sur le lit. La manière dont il la regardait, presque prédatrice, envoya un autre frisson convulsif à travers ses membres. Il se baissa et retira la jupe qu'elle portait puis, d'une torsion de sa grande main, il lui arracha sa culotte et jeta le tissu de côté.

Reagan sentait son corps la brûler et ses cheveux coller contre les côtés de son visage tandis que, déjà, de la sueur gouttait de son front. Lucas leva la main et repoussa les mèches égarées loin de son visage. Ce geste, simple mais intime, envoya des vagues d'émotions se répercuter dans son corps tout entier. Lucas se mit à genoux sur le côté du lit et commença à explorer son corps comme s'il ne l'avait jamais vu avant.

Ses lèvres passèrent en déposant des baisers sur son abdomen, et elle passa ses mains dans ses cheveux décoiffés et doux tandis qu'il embrassait son ventre. Elle frissonna lorsque ses lèvres descendirent lentement vers la partie sensible de l'intérieur de ses cuisses. Il prit son temps, goûtant les fluides qui s'étaient échappés de sa chatte mouillée alors même qu'elle se tortillait et gémissait sous son contact. Lorsqu'il se redressa pour retirer sa propre chemise, elle put voir le monticule de ses muscles puissants se refléter sous l'éclat de la lune, qui passait à travers les stores qui couvraient la petite fenêtre. Elle avait déjà laissé ses mains s'égarer sur ses larges épaules et son torse, en s'émerveillant qu'il soit tout à elle.

Lucas la repoussa de sorte qu'elle repose dos contre le matelas, et se plaça au-dessus d'elle. La chaleur fulgurante qui venait de son corps traversait la peau de Reagan et réchauffait son sang, au point qu'elle s'attendait à le sentir bouillir. Il fit passer sa langue dans sa bouche, et, tandis qu'ils s'embrassaient avec ardeur, elle passa ses doigts contre les pics musculeux de son dos. Elle pouvait sentir sa bite dure appuyer contre sa cuisse, et elle n'avait jamais autant désiré quelque chose de sa vie que de le vouloir en elle, en sachant qu'il était son mari maintenant... et à jamais.

Elle le sentit passer sa main sous elle, et commencer à pétrir ses fesses. Sa chatte mourrait d'envie qu'on s'occupe d'elle, mais il la faisait attendre, et elle savait que plus elle se tortillait et qu'elle le suppliait de la toucher, plus il la ferait souffrir en patientant. Ça valait toujours le coup d'attendre, au bout du compte, largement... mais ce soir, elle avait déjà passé la délimitation entre désir et besoin et elle ne voulait pas attendre plus longtemps que nécessaire.

Lucas prit son temps à caresser les globes ronds de son

cul, avant de glisser une main devant et de, enfin, plonger ses doigts dans sa chatte chaude et glissante. Elle gémit à haute voix lorsque ses doigts trouvèrent son bouton gonflé et qu'ils commencèrent à le masser. Ses yeux étaient presque fermés, mais elle les avait laissés assez ouverts pour voir l'expression du visage de Lucas lorsqu'il s'occupait de son clitoris. C'était plus qu'intense. C'était comme si le mouvement de ces hanches et la sensation de cette chatte chaude et mouillée l'aiguillonnait.

Soudainement, il recommença à bouger et la tira de sorte que son cul soit au bord du lit, et il se mit à genoux devant elle. Il passa sa langue dans sa fente humide avant d'ouvrir ses lèvres avec ses doigts et de plonger sa langue en elle, aussi loin que possible. Reagan enroula ses doigts dans ses cheveux et l'utilisa presque comme point d'appui pour lever ses hanches du lit et rencontrer ses lèvres pleines et sexy. Elle fit de doux bruits tandis qu'il léchait, suçotait et parfois mordillait son clitoris, et il ne s'arrêta pas avant qu'elle ne hurle dans un orgasme à faire trembler la terre qui la toucha jusqu'au cœur.

Lucas réussissait toujours à réduire Reagan au statut de nymphe assoiffée de sexe qui se tortillait et criait sous son contact... et elle adorait ça.

« S'il te plaît Lucas, j'ai besoin de toi en moi. »

Reagan adorait la sensation de la bite durcie de Lucas plongée dans sa chatte trempée juste après l'orgasme, alors que chaque nerf et chaque vaisseau sanguin était encore excité. Lucas lui sourit et se leva pour finir de se déshabiller. Dès que sa bite fut découverte, Reagan la saisit et pendant quelques secondes, il resta là, les yeux fermés, tandis qu'elle la caressait et léchait autour du gland et le long de son pénis comme si c'était une sucette.

Il se retira et se pencha au-dessus d'elle, la laissant lécher ses propres fluides depuis ses lèvres et son visage. Le goût qu'elle avait sur sa peau était intoxicant, et ça la rendait folle. Il avait de nouveau passé sa main entre ses jambes et ses doigts étaient en elle, mais elle avait besoin de plus que ça. Elle en mourait d'envie. Elle passa ses mains derrière son cou et approcha sa bouche de son oreille. « J'ai besoin que tu sois en moi, Lucas… S'il te plaît. Prends-moi, baise-moi, martèle-moi, montre moi la chance que j'ai d'être à toi. S'il te plaît, laisse-moi te sentir en moi. »

Elle le sentit sourire et manqua de s'évanouir sous le plaisir intense lorsqu'il lui donna enfin ce qu'elle voulait tant et sans lequel elle n'était pas sûre de pouvoir vivre. Il plongea profondément en elle puis, lentement, presque trop lentement, il se retira. Il le refit, et Reagan passa ses ongles dans son dos et enroula ses jambes autour de ses hanches, essayant d'utiliser ses jambes et ses pieds pour le tirer encore plus profondément en elle.

Au début, c'était frénétique, tous deux étant désespérés d'avoir ce qu'ils voulaient mais, après quelques secondes, ils tombèrent dans un rythme sexy qui prit de l'élan avec chacune des impulsions de Lucas. Reagan eut deux orgasmes supplémentaires avant que, enfin, elle sente Lucas frissonner et laisser échapper un grognement primitif. Elle sentit son corps se tendre, chacun de ses muscles de la tête aux pieds… puis un autre frisson, et il retomba sur elle en tremblotant et en haletant.

Il resta sur elle un instant avant de reporter son poids ailleurs pour ne pas l'écraser, puis il la prit dans un câlin si serré qu'il était presque impossible de dire où son corps finissait et où celui de Reagan commençait. Il déposa un baiser sur le côté de son visage puis, d'une voix entrecoupée de respirations, lui dit, « Mon dieu, que je t'aime. » Il lui fit tourner le visage pour pouvoir la regarder dans les yeux et murmura, « Je dois te dire quelque chose, et j'espère que tu ne m'en voudras pas. »

Reagan sentit une pointe d'inquiétude. Elle ne voulait rien entendre aujourd'hui qui puisse la mettre en colère contre lui, mais elle ne pouvait pas non plus imaginer ce que c'était. « D'accord, » répondit-elle simplement, et elle attendit.

« J'en avais marre de penser qu'Aiden puisse continuer à nous embêter. »

Avec un frisson à l'idée de ce qu'Aiden avait pu faire, Reagan répondit précautionneusement.

« - D'accord...

- Alors, je l'ai envoyé en voyage. Il ne sera pas de retour avant un moment... s'il revient. »

Elle releva la tête pour pouvoir voir tout son visage.

« - Quel genre de voyage ? Lucas, dis moi que tu n'as rien fait qui puisse t'attirer des ennuis. Je ne pourrais pas le supporter, si quelqu'un te retire à moi.

- Non. Je voulais faire quelque chose de... permanent, à ce sac à merde. Mais je t'ai promis que je ne le ferais pas, et je tiens toujours mes promesses avec toi. Mais j'ai eu une idée et je ne voulais pas t'embêter avec ça alors même qu'on planifiait notre mariage. Je devais saisir l'occasion mais j'espère que tu me pardonneras de ne pas t'avoir demandé ton avis d'abord.

- Je te fais confiance, » répondit-elle, et c'était vrai. Mais son cœur battait toujours la chamade et elle sentait son souffle devenir court.

- Dis moi juste ce que tu as fait, reprit-elle.

- Et bien, Aiden s'est en quelque sorte retrouvé dans la cargaison d'art qu'il envoyait en Europe.

- Dans la cargaison ?

- Oui... dans une caisse. Mais, il a suffisamment de nourriture et d'eau potable jusqu'à destination, et une bonbonne d'oxygène au besoin... »

Reagan sentit ses lèvres tressaillir, et essaya de garder une expression neutre. « Dans une caisse ? »

Lucas avait l'air de retenir son sourire, lui aussi. « Les gars de la sécurité l'ont vu payer le type qui avait laissé les têtes de poissons dans notre nouvelle maison. Il était au niveau des docks, et ils m'ont appelé. Je ne nierai pas lui avoir donné quelques coups, mais avant que je ne le tue… quand il était inconscient, je l'ai mis dans une des caisses. Les gars et moi, on a dû faire vite pour l'installer et une fois qu'il avait tout ce qu'il lui « fallait », on a vissé le couvercle. Il devrait arriver au Congo dans une semaine, à peu près. »

Reagan perdit la bataille contre son sourire grandissant, et se mit soudain à rire.

« - Au Congo ?

- Oui… J'espère que ça va lui prendre un moment avant de s'en sortir et de revenir. Comme ça, on a au moins un répit, s'il ne tient pas les promesses qu'il a faites lorsque je le passais à tabac.

- Quelles promesses ? demanda Reagan sans se départir de son sourire.

- Il a dit qu'il prendrait toutes ses affaires et qu'il quitterait l'état. Il pensait aller à New York. J'ai pensé que c'était une bonne idée… mais que je voulais qu'il prenne un peu de temps pour qu'il puisse considérer les alternatives, s'il choisissait de rester pour nous harceler, toi et moi.

- Alors tu l'as envoyé au Congo ? » Elle sentit des éclats de rires remonter dans sa poitrine et songea à son frère se réveillant sur un bateau ayant une destination aussi éloignée et presque primitive. Elle souhaitait presque pouvoir en avoir une photo.

« Tu m'en veux ? »

Reagan passa ses bras autour de lui et l'embrassa avec passion. Lorsqu'ils reprirent leur souffle, elle gronda d'une voix sexy.

« - La seule chose que je veux, c'est toi, mon bébé.

- Je ne te cacherai plus jamais rien, lui sourit Lucas.

- Bien, dit-elle. Mais tant qu'on est sur le chapitre de l'honnêteté, il y a quelque chose que je dois te dire. Ce matin, avant de partir de chez Belinda, j'ai passé un test de grossesse. Je n'ai pas eu mes règles en deux mois, et je me sens nauséeuse quand je me réveille.

- Mon cœur ! Pourquoi tu ne m'en as pas parlé ? On serait allé voir un docteur...

- Lucas, je suis pas malade. Je suis enceinte. »

Un silence de mort tomba pendant ce qui sembla être une éternité avant qu'un sourire léger affleure ses lèvres. Enfin, il murmura, « Je vais être papa ? »

Reagan lui sourit et acquiesça. « Ça te convient ? »

Lucas lui sourit en retour. « T'es sérieuse ? J'ai hâte. » Il l'attira dans ses bras, rayonnant. « Un bébé. »

Reagan fut sûre d'une chose ; tout changeait, une fois de plus. Mais elle avait fait du chemin, et elle savait que non seulement elle pouvait supporter ces changements, mais qu'elle était prête à les embrasser. Sa vie en tant que Mme Ferris allait être fantastique et même si Aiden n'était pas assez intelligent pour garder ses distances lorsqu'il réapparaîtrait, il n'y avait rien qu'il puisse faire pour enlever le bonheur qu'elle sentait quand elle était avec Lucas. Cette partie sombre et effrayante de sa vie était terminée, et elle se dirigeait résolument vers des instants meilleurs et plus grandioses.

TOUCHE DU BOIS

Il avait renoncé aux femmes… jusqu'à leur rencontre.

Jack a déménagé en Alaska pour y trouver la paix et le calme. Mais chaque semaine, la tentation arrive sous les traits d'Anna, belle, mais ombrageuse. Rien qu'en pensant à la manière dont elle manie le manche de son hydravion, il se demande comment elle le prendrait en main. Il a besoin de la sortir de son avion et de la mettre dans son lit.

Anna a des objectifs… et se jeter dans le lit d'un milliardaire sexy et mauvais genre au fin fond d'une forêt n'en fait pas partie. Elle ne veut pas tomber amoureuse d'un homme de la montagne. Elle veut s'enfuir. Elle en a marre des nuits froides, sombres et solitaires. Son rêve l'appelle, dans les états centraux des États-Unis. Son seul problème ? Jack. Quand une tempête la force à amerrir en urgence, les passions s'enflamment.

Être isolée dans les bois avec un apprenti bûcheron ne devrait pas être un problème. Ce n'est qu'une nuit. Pas vrai ?

EXTRAIT TOUCHE DU BOIS

Anna

— Ça me ferait chier de mourir en livrant ses courses à ce salaud, me murmurai-je en attrapant le manche et en essayant d'ignorer les turbulences autour de mon vieil hydravion.

Ce qui était impossible, surtout que le dernier piqué avait fait remonter mon estomac dans ma gorge. Le ciel avait tourné au gris sombre menaçant, vingt minutes plus tôt, le genre de temps qui n'augurait rien de bon pour moi, la seule pilote assez folle pour voler à bord de la boîte de conserve de mon père vieille de vingt ans.

Je devrais être au sol, plongée dans mes révisions, mais ce Jack Buchanan de mes deux, ce gamin gâté de la ville, se faisait livrer ses courses chaque semaine, et je n'allais pas reculer devant mon boulot. J'étais la petite chanceuse – ou pas – qui s'assurait qu'il ne mourait pas de faim. Puisqu'il vivait dans la brousse, à presque deux heures de la grande ville d'Anchorage en avion, il ne pouvait pas exactement y faire un saut pour faire ses emplettes. Il y avait un petit village de pêcheurs à trente minutes de voiture depuis chez lui, mais je livrais là-bas aussi.

Une autre plongée ébranla l'avion et je luttai pour garder ma trajectoire.

Cet homme, Jack, ou plutôt, Jack O'nard dans ma tête, suintait l'argent. Le vieil argent. L'argent façon petite cuillère en argent dans la bouche. Je ne savais pas du tout pourquoi il avait quitté la ville et était venu vivre en Alaska. La plupart des gens qui venaient s'installer ici n'avaient que deux raisons de le faire. Option un, ils avaient un attrait pour la nature, ils avaient ça dans le sang. Jack Buchanan était beau et négligé, avec des muscles à tomber, mais n'allait pas vraiment avec les autres bûcherons chevronnés qui fréquentaient les bars du coin tout l'été. Et puisque vivre coupé de tout n'était pas son genre, ça ne laissait que l'option deux... les autres venaient ici pour se cacher. De la loi. D'une ex. De tout. Ça n'avait pas vraiment d'importance, mais je savais que ces gens dépendaient énormément de livraisons comme les miennes pour vivre. Et je n'allais pas laisser un homme mourir de faim. Ce qui signifiait malheureusement que j'avais décroché le boulot qui consistait à lui rendre visite une fois par semaine.

Si j'avais pu me contenter de me rincer l'œil et de repartir, ça m'aurait convenu. Mais comme pour la plupart des gens isolés comme ça, il n'avait pas beaucoup de visites. Quand j'arrivais, il aimait venir jusqu'à l'avion, me dire bonjour, discuter avec moi durant le temps qu'il me fallait pour décharger les paquets.

Malgré de longs mois de conversations hebdomadaires, je ne savais pas grand-chose de lui, à part qu'il avait un peu plus de trente ans, qu'il était grand, bronzé, d'une beauté à couper le souffle, et qu'il aimait les biscuits au chocolat et à la guimauve. Je ne lui avouerais jamais qu'il était magnifique, bien sûr. Ses habits lui allaient toujours un peu trop bien pour venir du magasin du coin, même s'ils avaient cet aspect usé que tous les vêtements avaient, par ici. Il avait un nez grec, avec des pommettes qui me donnaient envie de venir m'y frotter le visage comme un chat. Même s'il ne mentionnait pas vraiment le fait que nous étions les deux seules personnes à peu près jeunes et célibataires ici, je voyais bien comment ses yeux marron chocolat s'égaraient sur ma poitrine et mes fesses quand je débarquais ses courses chaque semaine.

Ce serait mentir de prétendre que mes yeux ne se baladaient pas non plus. Je me disais que je devais bien le reluquer, pour les autres femmes du monde. Remarquer la bosse de ses pectoraux sous ses chemises à carreaux, les veines qui couraient le long de ses avant-bras, la peau bronzée de sa nuque. Ses cheveux d'un marron foncé, très foncé, devenaient plus longs chaque semaine – il avait besoin d'une coupe. Soit ça, soit me laisser passer les mains dans ces bouclettes impétueuses. Je voulais tirer sur ces cheveux, arracher cette chemise à carreaux. Je voulais lui grimper dessus comme on monte à un arbre, qu'il me prenne contre le mur de sa cabane et qu'il me baise jusqu'à ce que j'en perde le souffle.

Il serait doué, bien sûr. J'étais convaincue qu'il savait comment s'y prendre pour qu'une femme le supplie de continuer.

Oui, penser à la manière dont il maniait son sexe comme une arme marchait bien pour me distraire des cieux agités qui me balançaient dans mon siège. Je me secouai pour me sortir de ma rêverie sexuelle et jetai un œil au tableau de bord. La pression avait augmenté autour du cockpit, ce qui signifiait que les turbulences n'allaient qu'empirer.

N'y pense pas et vole, me dit la voix de mon père dans ma tête.

Il m'avait appris à voler alors que je n'étais qu'une enfant.

Dès que j'avais été assez grande pour attacher mon propre harnais de sécurité, je l'avais accompagné dans ses virées quand je n'avais pas cours. J'avais même appris à faire mes devoirs dans le siège de copilote sans être malade. J'avais passé mon brevet de pilote le jour de mes dix-huit ans, et on avait fêté ça dans le hangar. Maintenant qu'il était parti, j'avais repris ses trajets, son avion, tout. J'avais repris l'entreprise. J'adorais voler, et j'étais vraiment douée pour ça. Mais ces tempêtes étaient toujours très pénibles. Elles étaient rudes pour les gens au sol. Dans les airs…

L'avion tomba sur près de trois mètres et je serrai les dents en tirant sur la manette des deux mains.

Il était temps pour moi de quitter l'Alaska. Grand temps. Je n'étais pas faite pour ça. J'aimais les montagnes et les forêts, mais je tenais autant de ma citadine de mère que de mon père, plus casanier. Je ne voulais pas me cacher de la vie en restant ici. Je voulais la *vivre*. Je voulais voir le monde. Tout explorer. Je voulais visiter autant de pays que possible, goûter à toutes les cuisines. Je voulais voir les lumières étincelantes de New York et entendre le hurlement lugubre des coyotes dans le désert de l'Arizona, la nuit. Je lisais tous les soirs et je faisais des listes des endroits que je voulais visiter. Je n'avais que vingt-quatre ans, mais ma liste faisait bien deux pages. Je ne pouvais accéder à rien en restant en Alaska, à Podunk, entre les ours et les bûcherons.

Après la mort de Papa l'année dernière, j'avais su qu'il était temps de partir. J'en avais tellement marre du froid, du noir, de livrer des courses aux gens. Je voulais être ailleurs, dans un endroit où je pourrais continuer à voler, mais en gagnant mieux ma vie. J'étais tellement prête à foutre le camp d'ici, et la vieille maison de mon père était la seule chose qui m'arrêtait. Je ne pouvais pas vraiment me permettre de partir toute seule sans l'argent de la maison, mais je ne vivais pas dans une ville où le marché de l'immobilier était flamboyant.

Alors j'attendais. Et j'étudiais. Il ne me restait qu'un semestre de cours en ligne. Quand je partirais enfin, j'aurais mon brevet de pilote et une licence en économie.

Une bourrasque frappa de l'est et fit ballotter l'avion.

Je gardai la tête baissée, toujours concentrée sur les instruments, l'avion, le son du vent. Il faut de l'instinct pour voler, un instinct que tout le monde ne comprenait pas bien. J'avais essayé de l'expliquer à certains vieux amis de mon père en ville, et ils s'étaient contentés de rire... de nous deux. Il y avait des jours où je pouvais jurer que le vent me murmurait des choses. Des jours où je savais où il allait souffler, où je savais qu'une tempête arrivait malgré le radar. La météo était imprévisible ici et pouvait changer très rapidement, comme le prouvait cette tempête. Elle était censée se trouver cent cinquante kilomètres au sud, et y rester pour quelques heures encore. Plus que suffisant pour y aller, laisser ses courses à M. Sexy, et revenir.

J'étais si proche de me sortir de tout ça. Même si Buchanan décidait qu'il voulait commencer quelque chose, je devrais lui dire non merci. J'avais des objectifs. J'avais des projets. Et un nouvel homme, c'était pas sur ma liste. En tout cas, pas un de ceux d'ici.

Ça voulait dire éviter les hommes jusqu'à mon départ d'ici, surtout les mecs sexy avec des yeux sombres et des cheveux mal coupés. Ce n'était pas le moment de se laisser distraire. J'avais travaillé ces dernières années pour être prête, et j'allais partir pour les états centraux des États-Unis. Tomber dans les bras de quelqu'un, c'était bien la dernière chose qu'il me fallait.

Évidemment, mes pensées s'égarèrent vers Jack O'nard, et sur la manière dont je voulais qu'il tire sur mon jean, qu'il me maintienne contre la rambarde de son balcon et qu'il me prenne par derrière.

Non. Non. NON !

— Arrête ça, me repris-je tout haut, mais je savais que rien n'y ferait.

Je me forçai à repenser à mon avenir. Je ne pouvais pas craquer pour quelqu'un, surtout pas pour un type débile de la ville, qui serait en train de crever de faim sans moi. J'avais besoin d'un homme, un vrai, qui pourrait s'occuper de moi.

Alors, tomber amoureuse était juste hors de question. Mais si jamais Jack ne voulait qu'une nuit entre chauds lapins ?

Je continuai à m'occuper des commandes, à vérifier l'altimètre. Jack serait probablement un bon partenaire pour une nuit sympa – comment pourrait-il en être autrement, avec des muscles et un visage pareil ? Je souris toute seule, en songeant à tout ce qu'on pourrait faire. Une nuit, c'était peut-être parfait. Juste suffisant pour soulager mes besoins, et donner des vacances à mon vibromasseur.

Une seule nuit, j'en étais capable, continuais-je à me dire, même si la partie rationnelle de mon cerveau rechignait très fort. *Oui, bien sûr, Anna.* J'étais en train de lever les yeux au ciel quand l'avion fit une embardée soudaine qui m'arracha un cri. Merde, cette tempête était vicieuse. *Il est temps de quitter le ciel.*

Je perdais en altitude à cause des turbulences intenses, une chose qui n'avait jamais porté bonheur à un hydravion. La maison de Jack était juste à côté d'un lac, sans espace dégagé à travers les arbres pour un atterrissage, *sur terre*. Je ne pouvais qu'amerrir avec cet avion, de toute façon. J'adorais voir les flotteurs couper à travers les vagues grises, mais dans ces conditions, un amerrissage – ou un atterrissage, d'ailleurs – allait être brutal.

De toute façon, si j'arrivais à toucher terre en un seul morceau, ça serait un succès. Bien mieux que l'alternative…

Je me forçai à retourner en mode pilote automatique. Papa m'avait appris à voler de manière « technique », alors je m'en tenais à ce que je savais et j'abordais chaque problème avec la tête froide. Le vent secoua la carlingue entière de mon petit appareil, et je sus que l'atterrissage allait être rude.

Mon Dieu, j'espère que Jack ne verra pas ça. Il pense déjà que je suis incompétente.

Je ne savais pas pourquoi c'était important pour moi, mais ça l'était – qu'il ne me voie pas galérer en essayant d'amerrir de traviole. Si je voulais garder mon boulot, mes clients, il fallait que je sois une femme forte et indépendante, qui volait sans peur. L'Alaska avait beau être immense en terme de superficie, elle comportait peu d'habitants. Une critique de sa part dans le village de pêcheurs voisin, et la nouvelle se répandrait comme une traînée de poudre. En attendant que la maison se vende, j'avais besoin de continuer à voler pour payer mes factures.

En scrutant mon radar, je sus que j'étais à environ un kilomètre de mon point d'amerrissage habituel. Je continuais à perdre en altitude, avec l'angoisse constante que ma manœuvre me catapulte au sol comme une pierre. Avec ce vent, qui pouvait prédire ce que les courants allaient faire ? Je resserrai ma prise sur le manche et tournai vers l'ouest, puis le nord, puis l'est pour me faire une idée des courants. Amerrir serait bien plus simple avec le vent de dos, mais dans cette tempête, le vent déchirant venait de partout. Quel que soit mon angle, ça allait être compliqué.

Je repérai l'endroit où je devais amerrir, et m'en rapprochai en perdant les cent derniers mètres d'altitude. Je fus ballottée dans mon siège, profondément reconnaissante envers le solide harnais qui m'empêchait de me cogner la tête. Mon casque s'envola après une bourrasque particulièrement forte, et j'essayai d'être délicate en dirigeant le nez de l'avion de plus en plus bas. Je ne pouvais rien voir du tout entre la pluie et la brume qui émanait de l'eau, mais je savais que j'étais assez loin des bords du lac. La maison de

Jack était comme un phare, à quatre cents mètres de là, et je sus que j'avais bien évalué mes distances.

Les secousses continuaient alors même que j'essayais de stabiliser l'avion, mais c'était peine perdue. Le bout de la queue allait frapper l'eau – fort –, mais c'était mieux que l'avant. Si je cognais le nez de l'avion, j'allais passer à travers le pare-brise. Je m'agrippai à la manette des deux mains tandis que le vent me poussait à quinze mètres à peine au-dessus de la surface. À la dernière seconde, je redressai le manche et forçai le nez à se redresser et l'arrière à se baisser. La queue *frappa* l'eau, les flotteurs entrèrent brutalement en contact avec les vagues, et mon avion vacilla dangereusement en dérivant. Je continuai à le faire dériver tandis qu'il glissait sur la surface agitée du lac, et les flotteurs mirent un long moment à se stabiliser.

Oh la vache.

Je recommençai à respirer en ralentissant, et orientai l'avion vers l'immense quai prévu à cet effet. Le vent était encore plus intense sur l'eau que dans les airs, et je dus accélérer plus que d'habitude pour parvenir à l'endroit où je pus couper mon moteur. L'avion glissa sur les derniers mètres.

Ça va faire une super histoire à raconter quand je rentrerai en ville, songeai-je, mais j'hésitai soudain en me rendant compte que je n'allais pas pouvoir rentrer avec ce temps. En attendant, je serais coincée ici. Avec Jack.

LIVRES DE JESSA JAMES

Mauvais Mecs Milliardaires

Du Bout des Lèvres

Un Accord Parfait

Touche du bois

Un vrai père

Le Club V

Dévoilée

Défaite

Percée à Jour

Le pacte des vierges

Le Professeur et la vierge

La nounou vierge

Le Cowboy

Comment aimer un cowboy

Livres supplémentaires

Supplie-Moi

BOOKS IN ENGLISH BY JESSA JAMES

Bad Boy Billionaires
Lip Service
Rock Me
Lumber Jacked
Baby Daddy

The Virgin Pact
The Teacher and the Virgin
His Virgin Nanny
His Dirty Virgin

Club V
Unravel
Undone
Uncover

Additional Titles
Beg Me
How to Love a Cowboy
Valentine Ever After

À PROPOS DE L'AUTEUR

Jessa James a grandi sur la Cote Est des États-Unis, mais a toujours souffert d'une terrible envie de voyager. Elle a vécu dans six états différents, a connu de nombreux métiers, mais est toujours revenue à son premier amour – l'écriture. Jessa travaille à temps plein comme écrivaine, mange beaucoup trop de chocolat noir, à une addiction aux Cheetos et au café frappé, et ne peut jamais se lasser des mâles alpha sexy qui savent exactement ce qu'ils veulent – et qui n'ont pas peur de le dire. Les coups de foudre avec des mâles alpha dominants restent son genre favori de nouvelles à lire (et à écrire).

Inscrivez-vous ICI pour recevoir la Newsletter de Jessa
http://ksapublishers.com/s/jessafrancais

www.jessajamesauthor.com

www.ingramcontent.com/pod-product-compliance
Lightning Source LLC
LaVergne TN
LVHW011839060526
838200LV00054B/4109